MAXIMES
SUR LA
SAISIE
FEODALE
ET
CENSUELLE,
OU

Recuëil du fentiment des meilleurs Auteurs fur cette matiere :

CONTENANT

Des Notions précifes fur fa définition, fa nature, fes caufes, fes formalités & fes effets. Le tout conformement au Droit commun du Royaume, & particulier des Coutumes de Paris, Tours, Blois & Anjou.

A BLOIS,

Chez PIERRE-PAUL CHARLES,
Et fe vend A PARIS,
Chez J.-T. HERISSANT, Ruë St. Jacques.

M. DCC. LXII.
Avec Approbation & Privilege du Roy.

AVERTISSEMENT
DE
L'AUTEUR.

Omme les motifs qui m'ont dé-
terminé à composer cet ouvrage,
sont les mêmes qui m'engagent à
en faire part au Public, je crois devoir lui
en rendre compte.

Chargé il y a quelques années, de la renovation du Terrier d'une Terre dont les mouvan-
ces s'étendent dans les Coutumes de Tours,
Blois & Anjou ; * mon premier soin fut de faire
une étude particuliere du Livre intitulé *La
Pratique universelle des Terriers* par M. de Freminville, où il traite cette matiere *ex professo* :
rempli de tous les moyens qu'il indique pour

* Le Marquisat d'Herbault.

parvenir à la renovation d'un Terrier ; je me crus en état de l'entreprendre ; mais j'avois à peine tenté l'éxécution de mon deſſein, que je me trouvai arrêté preſque dès le premier pas : en effet, après avoir rangé les Titres dans l'ordre qu'éxigeoit mon travail, j'écrivis aux vaſſaux qui n'étoient point en Foy, de venir la rendre ; quelques - uns négligérent de le faire, & d'autres le refuſerent : je conſultai le Livre de M. de Fréminville, ſur les moyens de les y contraindre ; & j'y trouvai cette déciſion, en forme de queſtion, pag. 166 de ſon premier Vol. « Si après les Procla-
» mâts & tems fixés par iceux, les Vaſſaux ou
» aucuns d'eux ne ſe préſentent, le Seigneur
» pourra ſaiſir le Fief, & à icelui établir
» Commiſſaire, le mettre ſous ſa main, &
» fera les fruits ſiens juſqu'à ce que le Vaſſal
» ait fait ſon devoir. »

Mais il ne dit pas ce que c'eſt que la Saiſie Féodale : quelles Perſonnes, pour quelles Cauſes, & dans quel tems on peut Saiſir : quelles ſont les Formalités de cette Saiſie : combien elle dure : quelles ſont ſes Charges :

AVERTISSEMENT.

fon Privilége : & fes Effets. C'eft à quoi j'ai tâché de fupléer ; quelques perfonnes éclairées m'ayant flaté de la réuffite, du moins jufqu'à un certain point ; j'ai crû que je ferois plaifir au Public, en lui communiquant un ouvrage qui peut fervir de Supplément à celui de M. de Fréminville, qu'il a reçû avec l'empreffement qu'il mérite.

Je crois devoir obferver que j'ai fait mon poffible pour ne rien omettre, & que fi je n'ai pas eû le bonheur de réuffir, j'ofe du moins me flater qu'on ne trouvera point ailleurs, autant de décifions réunies fur la même matiere.

Je ne me fuis point borné à puifer dans les meilleures fources ; j'ai difcuté les avis, & ne les ai fuivis qu'après m'être convaincu de leur évidence. Sur ce qui eft de Droit commun, j'ai particulierement fuivi Guiot Traité des Fiefs, & fouvent je n'ai fait que le copier : je l'ai cité éxactement ; & j'obferve que, où je n'ai marqué que la Page, elle eft de fon 4me. Vol. qui contient fon Traité de la Saifie Féodale.

ABRE'VIATIONS.

Guiot 300. *Lifez* Guiot. Traité des Fiefs Tom. 4. Pag. 300.

Blois 50. . . . . . Coutume de Blois Art. 50.

Liv. 30. . . . . . Livonniere Traité des Fiefs pag. 30.

Palu fur Tours 40. . . Commentaires de Palu fur l'Art 40 de la Coutume de Tours.

N. B. La multiplicité des Citations, n'ayant pas permis de les renvoyer à la *Marge*, ni même de les mettre en *Italique*, il faut lire l'Ouvrage fans les confidérer, quand elles en interrompent le fens.

TABLE
DES
CHAPITRES.

PREMIER. *Définition.* Page 1

II. *Ce que c'est que la Saisie Féodale, quelle sorte d'Acte.* 2

III. *Quelles personnes peuvent Saisir Féodalement.* idem

IV. *Pour quelles causes on peut saisir féodalement.* 5

V. *Dans quel tems la Saisie Féodale peut être faite.* 25

VI. *Quelles sont les formalités requises pour la validité de la Saisie Féodale.* 31

VII. *Combien dure la Saisie Féodale.* 39

VIII. *Quelles sont les charges de la Saisie Féodale.* 41

IX. *Du Privilége de la Saisie Féodale.* 44

CHAP.

X. *Des dommages-intérêts résultans des nulli-*
tés de la Saisie Féodale. Pag. 46

XI. *Quels sont les effets de la Saisie Féo-*
dale. 47

XII. *Du Droit du Seigneur Saisissant sur les*
arriere - Fiefs. 61

XIII. *De l'Usufruitier du Fief Dominant.* 62

XIV. *De la main levée de la Saisie.* 63

XV. *Du Bris ou Infraction de Saisie.* 68

XVI. *De la Saisie Censuele.* 71

XVII. *Ce que c'est que les Apartenances &*
Dépendances du Fief. 76

XVIII. *Explication de cet Axiome : Tant que le*
Seigneur Dort, le Vassal Veille ; &
vice versâ. 78

XIX. *Du pouvoir du Seigneur Haut - Justicier*
sur les Héritages Féodaux, Alllodiaux,
ou Censuels de son District. 79

XX. *Explication de la Maxime : Il faut*
avoüer ou désavoüer. 82

F I N.

MAXIMES

MAXIMES
SUR LA
SAISIE
FÉODALE
ET
CENSUELLE.

CHAPITRE PREMIER.
DEFINITION.

LA SAISIE FÉODALE est celle par laquelle le Seigneur rentre
dans la joüissance du Fief, & le
remet dans sa main : ou en d'au-
tres termes, c'est la Main-mise du Seigneur,
sur le Fief du Vassal : par le moyen de laquelle il lui en ôte la possession.

A

CHAPITRE II.

Ce que c'eft que la Saifie Féodale, quelle forte d'Acte.

QUoique la Saifie Féodale doive être faite par autorité de Juftice, c'eft plûtôt un Acte de Féodalité, de Supériorité Domaniale, qu'un Acte de Juridiction ; elle a fon fondement dans la Puiffance Féodale, & elle defcend de la conceffion du Fief ; la Juftice n'y eft que pour l'éxécution, que pour l'éxercice de la Puiffance Féodale ; en un mot, elle eft moins le fait du Juge que du Seigneur. Mol. §. 1. Gl. 4. N°. 67. Princip. de la Jurifp. Franç. N°. 199.

CHAPITRE III.

Quelles Perfonnes peuvent Saifir Féodalement.

1. RÉgulierement pour quelque caufe que ce foit, il n'y a que le Seigneur Propriétaire du Fief Dominant, qui puiffe faifir Féodalement, nul autre ne le peut. Guiot des Fiefs. T. 4. p. 331.

Cette Regle souffre plusieurs exceptions qui la confirment.

2. Ainsi les Bénéficiers Titulaires qui jouïssent comme Propriétaires, Guiot, p. 331. L'Usufruitier, lorsque la mutation est à profit, en employant le nom du Propriétaire dans la Saisie, après l'avoir sommé de la faire : *ibid. & inf.* Chap. 13. Le Mari pour sa Femme, *ibid.* p. 335. Le Seigneur Suserain, lorsqu'il tient le Fief de son Vassal, saisit faute d'homme, par ce qu'alors, il exerce pleinement les Droits de son Vassal, *ibid* 334, *& inf.* Chap. 12.

3. Les Tuteurs ainsi que les Curateurs ausd. noms, dans tous les cas où les mineurs pourroient saisir, ou à leur deffaut les Gardiens Nobles, en se faisant autoriser par Justice (dans les Coutumes où ils n'ont point la Tutelle,) *ibid.* 335. *Vide* Chapitre 11. N°. 22. Les Commissaires aux Saisies réelles, lorsque la Saisie réelle du Fief Dominant est suivie d'un Bail Judiciaire qui a son exécution, que la mutation qui ouvre le Fief servant est à profit, & arrive pendant le cours de la Saisie réelle, peuvent saisir sans sommation préalable au Saisi, par ce que ces profits reviennent aux Créanciers, comme fruits du Fief saisi réellement, *ibid.* 338. Le Seigneur Apanager, par ce qu'il jouit *ad imaginem Proprietarii*, *ibid.* p. 333. Le Seigneur Engagiste qui a l'utile de la Seigneurie; faute

d'homme & non autrement, le Procureur du Roy joint, *ibid*; mais il ne peut recevoir la foi des vassaux, ni leurs aveux, non plus que les Déclarations des Censitaires, *ibid* 340. Le Procureur - Fiscal du Seigneur, par ce qu'il est son Procureur constitué *ad hoc*, pour tous les Droits du Fisc-Seigneurial, & qu'en un mot, en saisissant comme Procureur-Fiscal, il saisit pour le Seigneur, *ibid*. 342.

4. Toutes ces personnes peuvent saisir féodalement, ou par ce qu'elles exercent les Droits du Seigneur Dominant, ou par ce qu'elles le representent, ou enfin par ce qu'il n'est pas juste qu'elles souffrent de sa négligence.

5. Quand il y a plusieurs Seigneurs Dominans qui jouissent divisément, chacun peut saisir pour sa part sans le consentement des autres, autrement il faut que la Saisie soit au nom de tous, & de tout le Fief, si ce n'est qu'en jouissant par indivis, ils eussent nommé un d'entre eux par année ou autre tems, au quel cas celui-là peut seul saisir pour tous, *ibid.* p. 343.

6. Dans le cas où le Seigneur qui auroit saisi, vendroit son Fief avant que le vassal eut fait ses devoirs, cette Saisie ne profiteroit pas à l'acquereur : mais il pourroit saisir *rectà*, sans s'annoncer, *ibid.* 343, 346. *inf.* Ch. 4. N°. 15.

7. Si le Fermier de la Terre veut saisir, il faut qu'il le fasse au nom du Seigneur, ou du Procureur - Fiscal, *ibid.* 344.

8. Il est bon d'observer que le Créancier qui n'a point saisi réellement, ne peut forcer son débiteur de procéder par Saisie Féodale contre son vassal. Pallu sur Tours Art. 22. N°. 3.

A l'égard du Seigneur & du Vassal mineur, *vide inf.* Chap. 11. N°. 21.

CHAPITRE IV.

Pour quelles causes on peut Saisir Féodalement.

Toutes les Coutumes admettent deux causes principales de la Saisie Féodale.

1. 1°. Le deffaut de foi du Vassal, soit que la mutation arrive du côté du Vassal ou du Seigneur. Tours Art. 18, 21. Blois 47, 76. Anjou 103, 436. Guiot 4. Vol. p. 344. Princip. de la Jurisp. Franç. N°. 200.

2. 2°. Le deffaut de dénombrement par le Vassal reçu en foy, après le délai porté par les Coutumes. Tours 19. Blois 103. Anjou 75. Guiot. *ibid.*

Les Coutumes d'Anjou, Blois, & Tours, admettent encore la Saisie Féodale, tant en Fief qu'en Roture.

3. 1°. Faute d'éxibition. Tours Art. 18. Blois par argument de l'Art. 38 qui permet la Saisie faute de profits, qu'on ne peut connoître sans l'exhibition. Anjou 158, 391, 416.

A iij

4. 2°. Faute de payement du Cheval de fervice, Tours par argument de l'Art. 18, qui permet la Saifie faute de Droits & devoirs non payés, toutes fois après une fommation de payer. Pallu fur l'Art. 99. Anjou 177, fecùs. à Blois, Art. 96.

5. 3°. Pour Cens & Rentes non payés. Tours Art. 18. Blois Art. 38 & 112. Anjou Art. 8 & 180.

6. 4°. Faute de Payement de Lods & Ventes. Tours Art. 146. Blois 38. Anjou 158, & 416.

7. 5°. Faute de payement du Rachat, Tours par argument de l'Art. 18, qui permet de faifir faute de Droits & devoirs non payés. Blois 38. Anjou par argument de l'Art. 109, qui n'oblige le Seigneur Féodal de donner main levée, qu'en payant le Rachat Liv. p. 47.

8. Lorfqu'elle muë de main. Tours Art. 18. Notez que fuivant l'Art. 143 de Tours, il n'y a pas lieu à la Saifie dans les mutations par échange, & que le Seigneur doit par conféquent en ce cas fe pourvoir par action.

9. 6°. Faute de reconnoiffance. Tours, Pallu fur l'Art. 2. Blois 38.

10. 7°. Faute de payement des Loyaux Aides, après une fommation de les payer. Pallu fur l'Art. 99. de Tours.

11. 8°. Faute de culture des Terres tenues à Terrage. Blois 134. & faute de payement dud. Droit. Blois 38.

12.° 9°. Faute de Lige Etage. Anjou Art.
135. Le Lige Etage dans la Coutume d'Anjou eſt la garde que l'homme de foy lige,
doit à la maiſon de ſon Seigneur, la Saiſie
en ce cas emporte perte de fruit ſans aucune
reſtitution : mais comme ces Droits n'ont plus
lieu, & qu'ils ſont entierement abolis ou convertis en ſimple redevance, les raiſons qui avoient fait autoriſer la Saiſie en pareil cas, ne
ſubſiſtant plus, il n'y a pas lieu de croire
qu'une pareille Saiſie fut admiſe aujourd'huy.
Guiot 357.

13. Nous avons dit ci-deſſus que, par le
deffaut de foy, le Fief vaſſal étoit ſaiſiſſable,
de quelque côté que la mutation arrive, la
raiſon en eſt que le Fief vaſſal eſt ouvert toutes les fois que l'on n'eſt pas en la foy du
Seigneur. Tours Art. 21. Blois 47. Pocquet
de Livonniere, p. 49. cite Chopin qui raporte un Arrêt pour l'Anjou : or quand il
y a nouveau Seigneur, les anciens vaſſaux
ne ſont point en foy vers lui, parce que la
foy eſt duë à la Perſonne & non à la Choſe,
donc leurs Fiefs ſont réputés ouverts, donc
il y a lieu à la Saiſie. Guiot p. 345.

14. Cependant il faut faire une diſtinction
du cas où la foy *faut* par la mutation du
vaſſal, & de celui où elle *faut* par celle du
Seigneur.

Dans le premier cas, le Fief vaſſal eſt ſaiſiſſable *in inſtanti* de l'expiration du délai

accordé par les Coutumes. Tours Art. 109.
Blois 47. Anjou 101. Guiot p. 345.

Dans le fecond cas le vaffal ayant jufte
fujet d'ignorer une mutation qui n'eft point
de fon fait, il n'eft faififfable que *ex mora
vaffali* après l'interpellation d'aller à la foy.
Guiot *ibid*. Tours 114. Blois 50. Livonniere
pour l'Anjou p. 49.

15. Néanmoins le nouveau Seigneur peut
rectà & fans fommation préalable, faifir le Fief
fervant dont le Seigneur n'auroit point été
reçu en foy par fon prédéceffeur, quoi qu'il
ne foit point encore invefti, par ce qu'il veille tant que fon Dominant dort. Guiot p. 346
& 358. Il en feroit autrement fi le poffeffeur
actuel du Fief fervant étoit héritier d'un vaffal qui n'étoit point en foy du Seigneur, &
qu'il fut encore dans les quarante jours de fa
mort; parce qu'en ce cas, ce nouveau vaffal
a quarante jours pour fe préfenter à la foy,
du jour de la mort de fon prédéceffeur, Guiot
4. Vol. p. 204.

16. Il faut encore remarquer que le nouveau Seigneur à Titre fingulier, ne partici-
pant point à ce qui n'eft que du fait de fon
auteur, ne profiteroit pas de la Saifie qu'il
auroit faite. Guiot 4. Vol. p. 343, & 2.
Vol. p. *fup*. Chap. 3. N°. 6.

17. Les Coutumes de Tours Art. 114.
Blois Art. 50, 51, & 52. & Anjou Art.
109, indiquent quelles formalités le nouveau

Seigneur doit obferver dans les fommations qu'il eft obligé de faire à fes vaffaux inveftis par fon Prédéceffeur, pour les mettre en demeure de lui porter la foy.

18. Avant de détailler celles qui font particulieres à chacune de ces Coutumes, on obfervera que fuivant la difpofition de l'Art. 52 de Blois, qui doivent par une raifon d'équité être étendues aux autres Coutumes, le Dominant, par fa fommation doit déclarer à fon vaffal qu'il eft fon Seigneur de Fief, pour raifon de quoi, par quel moyen, & qu'il le fomme de faire la foy ; & que l'Art. 51 conforme au 114 de Tours, éxige que l'affignation porte quarante jours au moins, ce qui a lieu en Anjou par Argument des Art. 101 & 436. Livonniere p. 49.

19. Nous ajouterons qu'en fait de Droits Seigneuriaux, le domicile du vaffal eft le principal manoir de fon Fief, ou le lieu où fon Fermier demeure, s'il eft fur le Fief faifi. Guiot p. 395.

20. La Coutume de Tours diftingue, 1°. Si le Seigneur Dominant eft Châtelain. 2°. Si le Fief fervant eft fitué dans l'étendue de la Châtellenie. 3°. S'il y a un manoir. 4°. S'il n'y a que des Domaines, ou fi c'eft un Fief de Droits incorporels, & indique autant de formes particulieres pour ces différens cas.

Si le Seigneur Dominant eft Châtelain, & que le Fief fervant foit fitué dans fa Châtellenie, il peut faire faire ses sommations à cry public, un Jour de Foire ou de Marché, * par Scedule attachée au Poteau ou autres lieux publics.

Si le Seigneur Dominant n'est pas Châtelain, ou que le Fief servant soit situé hors de la Châtellenie, ou il y aura un manoir, ou il n'y aura simplement que des Domaines, ou ce sera un Fief en l'air, c'est-à-dire, de Droits incorporels.

1°. *Casu*, la sommation sera signifiée à la personne du vassal, ou attachée à la porte du lieu hommagé.

2°. *Casu*, elle pourra se faire par aposition de Brandon sur la Terre hommagée, en la signifiant à deux proches voisins des lieux, ou au Prône de la Paroisse, issue de la Messe.

2°. *Casu*, elle se fera par Scedule attachée à la porte du manoir, s'il y en a, sinon, comme il est dit pour le second cas.

Notez que dans tous les cas la signification faite à la personne du vassal, ne peut souffrir de difficulté, les autres modes de la faire, n'étant que des Privilèges accordés au Dominant.

21. Les Art. 50, 51, & 52 de Blois, portent que cette sommation peut se faire de trois manieres.

La premiere, par cri public aux lieux accoutumés, si le Seigneur Dominant est Châtelain.

* Suivant l'Art. 59 de Tours, le Châtelain a Droit de Foire & Marché.

La feconde, à la perfonne ou domicile du vaffal.

La troifieme, par empêchement qui doit être fignifié au vaffal, *id - eft* opofition, laquelle vaut fommation, dit l'Art. 52.

22. L'Art. 109 d'Anjou diftingue feulement fi le vaffal eft Noble ou Roturier.

1°. *Cafu*, la fommation doit être faite à la perfonne du vaffal ou par attache au lieu, à caufe duquel l'hommage eft dû, en le fignifiant au Métayer ou autre y demeurant, s'il y en a, finon aux prochains voifins, ou que cette fommation foit faite à la perfonne de fon Sergent ou autres Officiers. (*s'entend de juftice.*)

2°. *Cafu*, la fommation peut fe faire à ban, *id - eft*, à cri public en la Paroiffe où eft la chofe à caufe de laquelle la foy eft duë.

23. Il a été dit ci - deffus que toutes les Coutumes s'accordoient fur le pouvoir donné au Seigneur de faifir, faute de dénombrement fourni, dans le délai qu'elles accordent par le vaffal *reçu en foy*, par ce qu'il y auroit non pas un moyen de blâme, mais une fin de non recevoir le dénombrement, fi le vaffal n'étoit point reçu en foy : la raifon eft que le dénombrement eft l'acte du vaffal qui ne peut être reconnu tel, qu'après fa réception en foy. Guiot p. 3+6. N°. 4 & 364. N°. 9.

24. En général les Coutumes de Tours, Anjou, & Blois veulent que le vaffal fourniffe

son dénombrement quarante jours après la
la foy. Tours Art. 2. Blois 102. Anjou 6.
ce qui doit s'entendre de quarante jours francs.
Guiot 4. Vol. p. 203 : mais elles ne s'accordent pas sur le tems & la maniere de saisir
faute de dénombrement.

25. La Coutume de Tours Art. 19. porte
que pour aveu non baillé à jour pour la premiere injonction, le Seigneur ne peut saisir,
d'où il suit naturellement qu'il faut au moins
deux injonctions, & que le Seigneur ne peut
saisir qu'après que les délais portés par la
seconde seront expirés. C'est le sentiment de
Pallu sur l'Art. 2. No. 2.

Ces délais doivent être réglés sur la distance
des lieux conformement à l'Art. 1. du Tit.
3. & à l'Art. 14 du Tit. 14 de l'Ordon. de
1667.

26. Les Art. 102, 103, 104, & 105
de Blois, distinctent où le Dominant, conformement à l'Art. 102, aura enjoint à son
vassal, en le recevant en foy, de lui rendre
son aveu dedans quarante jours, où il l'aura
reçu simplement en foy, où son vassal lui
en aura fait les offres conformement à
l'Art. 54.

1°. *Casu*, le dominant peut saisir immédiatement après les quarante jours expirés, c'est
la disposition de l'Art. 103.

2°. & 3°. *Casu*, le vassal n'étant tenu suivant l'Art. 104, de donner son aveu que
dans

dans les quarante jours après l'injonction qui lui aura été faite de ce faire, le Dominant ne peut saisir, faute d'aveu, qu'après l'expiration du délai.

27. En Anjou, les 40 jours que l'Art. 6 accorde au vassal pour fournir son aveu, courrent de plein Droit, sans sommation, ni interpellation préalable du jour de la faction de foy, & ce nonobstant l'Art. 139, qui semb'e requerir une injonction. Livonniere. p. 37.

Mais on ne peut saisir faute d'aveu, qu'après l'expiration du terme donné par une sommation. C'est la disposition de l'Art. 174, qui prononce 60 sols d'amende contre le Roturier, & amende arbitraire contre le Noble qui ne satisfait point dans le terme marqué par la sommation, ce qui marque la nécessité de la faire.

La Saisie ainsi faite, si le vassal persiste dans sa Coutumace, le Seigneur peut obtenir Sentence (s'entend après l'avoir actionné) qui lui marque un terme préfix : ce terme fini, il sera tenu de fournir son aveu, à peine d'amende arbitraire. C'est la disposition de l'Art. 175, qui déclare que le sujet ne pourra obtenir main levée qu'il n'ait satisfait & payé l'amende.

28. Dans les Coutumes de Tours, Blois, & Anjou, on saisit encore, comme nous l'avons dit ci-dessus, faute de Droits & Devoirs non payés. Tours Art. 18, 146. Blois

B

Art. 38, 112, 56, & 134. Anjou, 8, 180, 158, 416; mais pour cela il faut que le vaſſal n'ait pas été reçu en foy, ou qu'il l'ait été avec des réſerves expreſſes, autrement le Seigneur ne pourroit demander ſes Droits que par action. Guiot p. 346. & 2. Vol p. 362. ſur l'Art. 97 de Blois, où il eſtime que nonobſtant les diſpoſitions de cet Art. les réſerves expreſſes conſervent au Dominant la faculté de ſaiſir. *Vide inf.* p. 18. No. 41. Arrêt du 27 Mars 1738, contre Orleans, Art. 66.

29. Peut-on ſaiſir pour les Droits, ſans ſaiſir en même tems faute d'homme? ne peut-on ſaiſir que conjointement faute d'Homme, Droits, & Devoirs? Guiot p. 347 agite cette queſtion, & décide p. 348 que le Seigneur peut ſaiſir ſimplement faute de Droits : mais que cette queſtion peut naître dans quatre cas qui reçoivent autant de déciſions différentes.

Le premier, de la foy faite en l'abſence du Seigneur, avec offres ou ſans offres de Droits.

Le ſecond, quand le Seigneur eſt préſent & que, ou on ne lui offre pas les Droits, ou que, les lui offrant, il en demande le payement, & que l'on a pas ſon argent prêt.

Le troiſieme, quand le Fief eſt ſaiſi féodalement, que l'on offre la foy, que le Seigneur la reçoit; & donne main levée à condition de le payer dans un tems, & que le vaffal ne paye pas.

Le quatrieme, quand le Seigneur reçoit la foy fans condition, foit que le Fief foit faifi, foit qu'il n'y ait point de Saifie précédente.

30. Au premier cas, fi la foy contient des offres, la Coutume ne réquerant point d'autres formalités, le Seigneur ne pourra faifir qu'après une fommation à fon vaffal d'effectuer fes offres, de lui payer fes Droits & Devoirs, & lui indiquer un jour pour ce faire. Guiot p. 348. néanmoins *vide* Blois Art. 56, qui permet de pourfuivre en ce cas fes Droits, par Saifie ou par action. *inf.* p. 19. N°. 43.

Si au contraire elle ne contient point d'offres, quoi qu'une foy ainfi faite fans offres foit nulle, le Seigneur étant le maître de s'en contenter, rien ne l'empêche de faifir fimplement faute de Droits. Guiot p. 350. Que s'il y a une Saifie précédente, elle tient, & le Seigneur eft bien fondé à demander les fruits. Guiot p. 349.

31. N². La Coutume de Tours Art. 110, dit que, fi le vaffal ne trouve le Seigneur au Fief Dominant, il doit faire l'offre aux Officiers du Seigneur, s'il y en a, finon en préfence des Métayers, & que cela fuffit pour empêcher la perte des fruits, mais l'Art. ajoute que fi le Seigneur revenoit au lieu où l'hommage eft dû, & y réfidât huit jours ou

autre tems, (s'entend d'un autre tems plus
long,) & que le vassal n'y retournât, il peut
saisir de nouveau ; mais que si le vassal fait
de rechef ses diligences par lui ou par Procureur spécial, en cas d'excuse suffisante, il
n'y a plus lieu à la perte de fruits, & que si
le Seigneur l'empêche, *id - est*, s'il fait encore saisir, il peut s'en complaindre.

32. L'Art. 109 d'Anjou a une même disposition que le 110 de Tours, sur la maniere de
faire les offres, & il ajoute que le vassal, après
ces offres, n'est pas tenu d'aller à la foy de son
Seigneur, jusqu'à ce qu'il lui en ait fait faire
une sommation dans la forme que nous avons
expliqué *sup.* p. 8 & 11 ; & que si le vassal ne satisfait à cette sommation, le Seigneur
pourra, toutes fois qu'il lui plaira, dans l'an &
jour en suivant, saisir le Fief comme découvert.

33. Au second cas, quand la foy est faite
au Seigneur, parlant à lui ou à ses Officiers,
ès Coutumes qui le permettent, comme Anjou & Tours, si l'on n'offre pas les Droits
il peut la refuser (la foy étant nulle) & saisir faute d'Homme & de Droits, ou simplement faute de Droits, s'il veut se contenter
de la foy faite. Guiot p. 350.

34. Si avec la foy on avoit offert les
Droits, & que le Seigneur les demandant,
on n'eut pas été prêt de les payer, il faut
distinguer la nature de la mutation.

35. Si elle est à relief, quoique le Droit de relief dans les Coutumes de Tours, Anjou, & Blois soit une année du revenu en essence : néanmoins si le vassal offre, comme il le peut, (Guiot 2. V. p. 355. N°. 5.) une somme de deniers, & que le Seigneur l'accepte, il faut être prêt de lui payer, autrement il peut refuser la foy, & saisir féodalement. Guiot p. 350.

S'il accepte le revenu, c'est à lui à s'en mettre en possession, & s'il opte le dire d'experts, il le doit attendre. Guiot 4. Vol. p. 352.

36. Si la mutation ouvre le Droit de Quint ou Lods, le nouveau vassal fait ce qu'il doit offrir : ainsi s'il n'est pas prêt de payer, le Seigneur peut encore refuser la foy, & saisir féodalement.

37. Cependant si le Contrat contenoit la vente de plusieurs Héritages relevans de divers Seigneurs ou de divers Fiefs, pour un seul & même prix, le Dominant à qui l'on offriroit de payer suivant la ventilation, seroit obligé d'accorder délai pour procéder à la ventilation, & ne pourroit saisir qu'après l'expiration de ce délai, qui doit être proportionné, eu égard aux objets.

38. Troisiememenent, ou la foy est faite en l'absence du Seigneur, ou elle est faite lui présent.

39. 1°. *casu*, S'il a été fait des offres dans la forme prescrite, la main levée est de Droit ;

B iij

sinon elle est nulle, & ne couvre point le Fief, soit que la foy soit faite en l'absence ou en la présence du Seigneur. *Vide* Blois Art. 56. & *inf.* p. 20. N°. 45.

40. 2°. *casu*, S'il y a des offres, & que le vassal n'ait pas son argent prêt, le Seigneur peut refuser la main levée & retenir le Fief saisi, & les fruits courent toujours en perte.

41. S'il donne main levée à condition qu'il sera payé dans un certain tems : le vassal ne satisfaisant pas, le Seigneur, sans sommation ni interpellation préalable, aussi-tôt le terme expiré, peut renouveller la Saisie ; la main levée n'étoit que conditionelle. Guiot p. 352. Lacombe Jurisprudence civile *verbo.* Saisie Féodale, N°. 5. en raporte Arrêt du 27 Mars 1738, sur Orléans contre l'Art. 66. & Lalande sur cet Art.

42. Quatriemement, quand le Seigneur reçoit la foy sans condition, ou avec une simple réserve de ses Droits, il ne peut plus sous prétexte de ses Droits non payés, saisir féodalement, & il n'y a que la voye de l'action personnelle, qui cependant ne lui otera pas son hypotéque légale sur le Fief, vis-à-vis des autres créanciers. Guiot p. 353.

43. On demande si un nouveau vassal se présentant à la foy, & offrant les Droits de sa mutation, le Seigneur auquel sont dus les Droits des mutations précédentes peut le refuser & tenir le Fief saisi, s'il l'est, ou s'il

peut saisir en refusant la foy & les Droits de
la mutation actuelle, sous prétexte des anciens Droits, & jusqu'à ce qu'il en soit payé.

1°. *casu*, Le Fief étant saisi, si les prédé-
cesseurs du nouveau vassal ont été reçus en
foy avec simple réserve de Droits, le Seigneur
ne peut retenir le Fief saisi; si au contraire
ils n'ont point été reçus en foy, le Seigneur
ayant pu, avant la derniere mutation, saisir
& faire les fruits siens, tant que le nouveau
vassal n'offrira pas les anciens Droits, la Saisie
doit tenir avec effet. Guiot p. 354. Dumoulin
§. 1. Gl. 9. N°. 27 jusqu'au 42, incl. Régle du
Droit François Liv. 2. Ch. 1. Sect. 3. Art. 4.
Arrêtés de la Moignon de la Saisie Féodale
Art. 21. *secùs* à Tours, où il aura main levée
en donnant caution. Art. 146.

2°. *casu*, Il doit s'imputer de n'avoir point
saisi, & recevoir le vassal qui est en regle,
en offrant la foy & les Droits de sa mutation, & qui a juste cause d'ignorer qu'il soit
dû des anciens Droits: mais il est de sa pru-
dence de faire des réserves expresses de ses
anciens Droits, pour ensuite agir contre ce
vassal pour tous ses Droits, en vertu de son
hypotéque légal, sauf au vassal à apeller ses
garans. Guiot. p. 355. Duplessis L. 5. Ch. 1.

44. Les Coutumes de Tours, Anjou, &
Blois ont des dispositions singulieres qui aportent
quelques exceptions aux régles que nous venons de poser.

L'Art. 146 de la Coutume de Tours, accorde au Seigneur la faculté de pourfuivre fes ventes contre l'acquereur, pendant trente ans.

Mais contre fes héritiers ou fa femme qui n'auroit point contracté avec lui & contre fon acquéreur, il décide pofitivement que fi le Seigneur eft dans les dix ans du jour de l'acquêt, il peut faifir, que fi au contraire les dix ans font expirés, il n'eft plus reçu à faire demande de fes ventes.

Il ajoûte cependant que fi l'ancien acquereur avoit été mis en procès qui ne fut point péri, fa Veuve & Héritiers pourroient être pourfuivis au delà de dix ans ; que le nouvel acquereur, en payant les ventes de fon acquêt, aura main levée de la Saifie faite pour celles dues par fon prédéceffeur, en donnant caution, & que le Seigneur lui donnera délai compétant pour apeller fon auteur.

Cette prefcription de dix ans introduite en faveur du nouvel acquereur, n'ôte pas au Seigneur le pouvoir de pourfuivre fon auteur dans les trente ans, à moins qu'il n'ait été évincé par retrait. Pallu fur Tours Art. 146. N°. 4 & 5.

45. L'Art. 56. Blois porte que quelque offre qu'ait fait le vaffal en l'abfence du Seigneur, led. Seigneur pourra néanmoins faire pourfuite des profits, fi aucuns lui font dus, par action ou par Saifie, par laquelle Saifie

il ne fera toutes fois les fruits siens, sinon que l'offre ne fût duëment faite.

46. L'Art. 158 d'Anjou porte, est à entendre que par la Coutume dud. Pays, si aucun acquereur d'aucunes choses héritaux n'est mis en procès de son vivant, en demande de vente d'icelles choses par lui acquises, ou sa Femme ou héritiers, dedans l'an après son décès, le Seigneur de Fief desd. choses après led. an, ne pourra procéder par Saisine Privilégiée, *id-est*, Saisie Féodale par defaut d'exhibition de contrats & ventes non payés : mais néanmoins pourra icelui Seigneur procéder par action ou simple Saisine jusqu'à 30 ans du jour du contrat.

47. Les Coutumes de Tours Art. 18 & 112. Anjou 158, 391, & 416 admettent encore la Saisie Féodale faute d'exhition.

48. A Tours, tant en Fief qu'en roture, l'exhibition doit être faite dans les 15 jours qui suivent l'acquêt. Art. 34 & 111.

49. A Blois, le nouvel acquereur de Fief doit faire la foy dans 20 jours du jour de l'acquêt. Art. 53. & exhiber pour lors ses Titres à son Seigneur. Art. 90.

En Roture l'exhibition doit être faite dans huitaine, à peine de 5 sols d'amende, & de 60 sols si l'acquereur laisse passer l'année sans la faire : mais il ne paroît pas que dans aucuns cas il y ait lieu à la Saisie, faute d'exhibition simplement : il y a cependant raison de penser qu'en Fief, l'éxibition du contrat étant une formalité que le sujet doit remplir lors de la foy, suivant l'Art. 90, le Seigneur peut la refuser s'il y manque, & saisir faute d'homme & d'exhibition.

50. En Anjou, l'Art. 153 porte indéfiniment qu'en ventes recellées, trente jours après le contrat passé, y a amende de Loi, & qui les recelle par an & jour, y a soixante sols d'amende.

D'où l'on peut conclure que les ventes ne pouvant s'acquiter sans éxiber le contrat, il ne peut y avoir plus de trente jours pour l'exhibition.

Cependant dans les mutations de Fief, comme le vassal a quarante jours pour faire la foy, lors de laquelle il doit faire offre de payer ses Droits & Devoirs. Art. 105 & 109, il y a lieu de penser qu'en ce cas on ne peut saisir faute d'exhibition, qu'après les quarante jours.

Mais en mutation de roture, n'y ayant aucune raison de prolonger l'exhibition au delà des trente jours que paroit accorder la Coutume, le Seigneur peut saisir dès qu'ils sont expirés.

Les Art. 391 & 416 portent que le Seigneur peut saisir la chose acquise en son Fief, depuis trente ans, sous les limitations de l'Art. 158, sans être tenu d'en faire délivrance, pas même en donnant caution, avant qu'il lui soit aparu de ses contrats d'acquêt, & que les ventes & autres Droits Féodaux lui ayent été offerts à découvert, mais qu'aussi-tôt l'exhibition & les offres faites, quoique le Seigneur ne les accepte pas, il est tenu de faire délivrance.

Et l'Art. 417 ajoûte que, si l'acquereur veut débatre qu'il n'est tenu payer ventes, ou s'il veut avoir autre à garent en la demande de vente, qu'après lad. exhibition de son contrat faite, il aura délivrance sans faire aucun payement ou offre de vente, jusqu'à ce que l'exhibition s'en soit suivie.

N². Le vassal doit exhiber son Titre original, ou une copie collationnée Art. 391.

51. La Coutume de Tours Art. 18, permet la Saisie lorsque la chose muë demain. *secùs.* Faute de reconnoissance, mais le Seigneur peut y procéder suivant l'ancien stile, après l'expiration du délai donné par le Juge, qui sera marqué par une quatrieme & derniere injonction. Pallu sur l'Art. 2. *Vide infrà* Chap. 16. N°. 5.

52. La Coutume de Blois Art. 38, permet aussi cette Saisie, & comme elle n'indique aucune forme particuliere, il n'y a point d'inconvénient à suivre celle qu'elle prescrit pour la Saisie faute d'aveu.

53. A l'égard de la Saisie faute de payement de Cens, Terrage, & de Culture des

Terres qui y font fujettes, elles doivent fuivre les régles que nous déduirons Chap. 13. en parlant de la Saifie Cenfuelle.

54. Si le Fief étoit indivis entre plufieurs Héritiers, que le Seigneur n'eut faifi que pour la part d'un, quoi qu'il fut ouvert pour le total, & que par l'événement d'un partage fubféquent, l'héritier fur lequel la Saifie auroit été faite, n'ait rien dans le Fief partie faifi, la Saifie ne tient plus, & il en faut une nouvelle, Guiot 356, où il cite un Arrêt raporté par Chopin qui jugea que la Fille mariée qui poffédoit une Succeffion indivife avec fes Freres, n'ayant partagé qu'en viduité, ne devoit aucun relief de Mariage, dans la Coutume d'Anjou qui l'admet : & un autre qui jugea que les créanciers d'un cohéritier ne pouvoit fe plaindre de ce que, lors du partage, on avoit fait deux lots, l'un des Meubles, l'autre des Immeubles ; & que le lot des Meubles étoit échu à leur débiteur, ce qui prouve que l'on doit s'en tenir à l'effet déclaratif du partage, fans confidérer fon effet rétroactif, toutes les fois que cela tend à une libération.

Telles font les principales caufes de la Saifie Féodale & Cenfuelle. On expliquera ci-après ce que cette derniere a de particulier, Chapitre 16.

CHAPITRE

CHAPITRE V.

*Dans quel tems la Saisie Féodale
peut être faite.*

COmme nous l'avons remarqué ci-deffus, le Fief vaffal peut être faifi faute
d'homme, foit que la mutation arrive du
côté du Seigneur ou du côté du vaffal.

Et généralement parlant fans diftinguer les
caufes de la mutation, le Dominant peut faifir dans les quarante jours, qui commencent
à courir contre le nouveau vaffal *in inftanti* de
l'ouverture qu'il a donné au Fief.

2. Et contre les anciens vaffaux qui étoient
déja en foy du jour que le nouveau Seigneur s'eft annoncé par les fommations que
requierent les Coutumes, & dont nous avons
indiqué les formalités, dans le Chapitre précédent.

Je dis d'après Guiot p. 358. Les anciens
vaffaux reçus en foy, par ce que le nouveau
Seigneur peut *recta* & fans fe faire annoncer
procéder par voye de Saifie, fur ceux qui
n'étoient pas en foy, vers l'ancien Seigneur,
fous les exceptions que nous avons remarqué
au Chapitre précédent, en parlant de l'anci-
en vaffal, & *inf.* Chap. 6. N°. 11.

3. Conformement aux principes généraux

C

que nous venons de pofer , les Coutumes d'Anjou Art. 101. Tours Art. 109. & Blois Art. 53. accordent quarante jours au vaffal qui joüit à Titre fucceffif pour porter la foy à fon Dominant. Tours Art. 138, donne auffi 40 jours au Mari , à compter de la Bénédiction Nuptiale. L'Art. 102 de la Coutume d'Anjou , accorde auffi le même délai au fucceffeur par vente , mais dans ce dernier cas, la Coutume de Blois Art. 53 , ne lui donne que 20 jours , & celle de Tours Art. 111 , feulement 15. Ces délais expirés le Dominant peut faifir fans aucune fommation , par ce que n'y ayant point d'homme au Fief , le Seigneur ne peut faire un commandement de venir à la foy, à celui qui n'eft point rélativement à lui. Guiot 373 , & 360.

4. Ces délais de 15, 20, ou 40 jours ne fe comptent pas *de die in diem* , il faut quarante jours francs : enforte que l'on ne doit pas compter les jours de la mutation & ceux de l'échéance. Guiot. p. 203 , & 360.

5. L'héritier de l'héritier du vaffal qui n'étoit point en foy comme tout autre héritier, a 40 jours , à compter du décès de fon prédéceffeur. *fuprà* Chapitre 4. & Guiot p. 203 & 360.

A Tours & à Blois, le Seigneur après les 40 jours de la mutation paffés peut faifir *recta* le Fief qui eft refté ouvert : mais en Anjou ce n'eft pas la même chofe.

6. Le Seigneur, fuivant l'Art. 103, peut dans l'an & jour de la mutation faifir : mais s'il ne faifit pas dans cette année, il faut qu'il fomme fon vaffal de venir à la foy, & fi le vaffal ne vient à la foy dans l'an après cette interpellation, le Seigneur peut encore faifir : mais cette année révolue il ne le peut plus, fuivant le fentiment de Dupineau & de Pocquet de Livonniere fur cet Art., qui en cela paroiffent fe tromper, cat il femble plus probable de penfer que le Dominant peut en tout tems, les 40 jours donnés pour venir à la foy par les Art. 101 & 102, étant expirés, faifir faute d'homme après une fommation de venir à la foy. Guiot page 360. même fans fommation dans l'an de la mutation.

7. Lorfqu'il y a combat de Fief, & que le vaffal s'eft fait recevoir par main fouveraine, à la charge de reconnoître celui qui obtiendroit, s'il n'eft pas en la foy de celui qui a obtenu, il a auffi quarante jours pour lui porter la foy, à compter de la Sentence à laquelle aura été acquiécée, finon du jour de l'Arrêt intervenu fur l'apel, fuivant la difpofition de l'Art. 60 de la Coutume de Paris, qui en cela doit être fuivie par les Coutumes qui n'ont point de texte contraire. Guiot p. 362.

8. A l'égard des Bénéficiers, il faut distinguer: si le nouveau Bénéficier succéde *per obitum*, les quarante jours, suivant le décès du dernier Titulaire expirés, le Seigneur peut saisir faute d'homme : si c'est par résignation, les 40 jours ne courent que du jour de la prise de possession du Bénéfice par le résignataire, les Arrêts ayant jugé que le Bénéfice n'étoit vacant que de ce jour. Guiot p. 362.

9. Quand aux gens de main morte, qui ne sont réputés vassaux qu'après l'an de leur acquisition, les 40 jours ne courent qu'après cette année expirée.

10. Venons maintenant à la Saisie faute d'aveu & dénombrement de Droit commun. L'ancien vassal ainsi que l'ancien censitaire n'est point obligé de fournir son aveu ou dénombrement au nouveau Seigneur. Guiot T. 5. p. 136.

11. Mais Tours Art. 3. oblige l'ancien vassal ainsi que l'ancien censitaire à fournir nouvel Aveu & Déclaration à leur nouveau Seigneur. Dumoins c'est l'avis de Pallu sur cet Art. Au reste on peut voir Guiot T. 5. p. 146, où il incline pour l'avis contraire.

12. L'Art. 7 de la Coutume d'Anjou, porte que si le sujet, (ce terme en Anjou s'entend du vassal comme du censitaire,) a une fois baillé ses déclarations & aveux non défectifs, & après son Seigneur vend ou

alienne fa Terre : s'il eft après apellé par le
Seigneur acquereur, pour lui bailler nouvel
aveu ou déclaration, ce ne doit être à la
charge ou dépens dud. fujet, & il ajoûte,
autre chofe feroit s'il y avoit mutation de Seigneur
par mort.

Cette derniere claufe jette un louche fi
grand fur cet Art., que les commentateurs
paroiffent peu d'accord fur le fens que l'on
doit lui donner.

Chopin penfe que le nouveau Seigneur
Dominant, Succeffeur par mort, peut obliger l'ancien vaffal à lui fournir à fes frais fon
dénombrement.

Dupineau ainfi que Pocquet de Livonniere
qui l'a fuivi, font d'un avis contraire, &
prétendent que cette derniere claufe ne doit
point être raportée à la claufe immédiatement
prochaine : mais à la claufe précédente de
laquelle il réfulte que l'ancien vaffal doit fournir fon aveu, au nouveau Seigneur, pour tirer de ces paroles, *autre chofe feroit,* une maxime oppofée à la premiere, de forte que
Guiot T. 5. p. 148 & 149, après avoir raporté les raifons qui peuvent fonder cet avis,
qui paroît contraire au fens que préfente naturellement la conftruction gratmaticale de
cet Art. 7, eftime que l'on doit le fuivre,
& qu'il faut lire tout fimplement, *en cas de*
mutation de Seigneur, par acquifition, il peut à

C iij

ses frais demander un nouvel aveu, autre chose feroit dans le cas de mort.

13. Presque toutes les Coutumes s'accordent en ce point, que le vassal a quarante jours, s'entend de 40 jours francs. Guiot. p. 203 & 364. pour fournir son dénombrement, à compter du jour qu'il a été reçu en foy. Tours Art. 2. Blois Art. 102. Anjou Art. 6 & 139. même dans cette derniere Coutume sans injonction de ce faire, encore que cet Art. 139 semble l'éxiger. Voyez l'Art. 6. & Poquet p. 37. mais pour que ce délai, dans la Coutume de Blois, commence à courir du jour de la foy, le Dominant, en recevant son vassal doit lui enjoindre de bailler son aveu dans les 40 jours ensuivant, autrement il ne coureroient que du jour de l'injonction qui lui en seroit faite. Art. 102. *suprà* Chapitre 4. N°. 24.

Cela posé, le Seigneur Dominant peut suivant l'Art. 103 de Blois, & le 6 d'Anjou, saisir faute de dénombrement dans les 40 jours francs, à compter du jour de la foy : mais il en est autrement dans la Coutume de Tours, le Dominant ne peut, suivant l'Art. 19, & Pallu sur l'Art. 2, même après les 40 jours, procéder par Saisie, faute d'aveu, qu'après que le délai porté par une seconde injonction sera expiré.

15. J'observe d'après Poquet de Livonniere Reg. du Dr. Franç. Liv. 2. Tit. 5. Chap. 1.

Sect. 3. Art. 6. que la Saisie Féodale faite avant le terme est nulle, & ne prend pas sa force par le laps de tems, & par la négligence du vassal, survenuë depuis. Dumoulin sur Paris Art. 7. N°. 15. Arrêt de 1542, raporté par de l'Homeau sur l'Art. 102 d'Anjou.

CHAPITRE VI.

Quelles sont les formalités requises pour la validité de la Saisie Féodale.

1. QUoique la Saisie Féodale soit une espéce de Saisie réelle, tous les auteurs conviennent, & c'est l'usage constant, qu'il n'est point nécessaire qu'elle soit précédée d'un Commandement, par ce que le Seigneur qui ne doit connoître le vassal que par la foy, ne peut faire un Commandement à celui qui n'est point rélativement à lui. Guiot p. 373. & 360. *sup.* p. 25. N°. 2. Brodeau sur Paris Art. 1. N°. 8. Hors les Coutumes d'exceptions, comme Tours Art. 19, & Blois Art. 102. Dans le cas ou la foy ne contiendroit pas d'injonction, il en est de même de la Saisie faute d'aveu, par ce que les Coutumes permettant de saisir après le tems qu'elles accordent pour donner l'aveu,

le vassal est censé suffisamment interpellé. Guiot. *ibid.*

2. De ce que les Coutumes disent que le Seigneur peut saisir & mettre en sa main, on concluoit avec Dumoulin sur l'Art. 1. de Paris. Gl. 4. N°. 10. Dupineau sur l'Art. 103 d'Anjou, que cette Saisie pouvoit se faire de l'autorité privée du Dominant : mais il a passé contre leur avis même dans les Coutumes comme Tours Art. 109, Montargis Tit. des Fiefs, Art. 89, qui paroissent avoir des dispositions précises à ce sujet, qu'il étoit nécessaire que le Dominant prit une commission de son Juge ou de celui de son Dominant. Blois Art. 76. Lepretre Centurie 3. Chap. 49. Arrêt de Rouen du 3 Août 1533. Basnage sur Normandie Art. 109. qui marquât les causes de la Saisie, & spécifiât en particulier le Fief sur lequel elle doit s'asseoir, les commissions générales pour saisir tous Fiefs ouverts, sans les spécifier en particulier avec les causes qui les fondent, étantes absolument nulles. Guiot p. 374, 375, 376. Tours Art. 19. Pallu sur led. Art. 19. p. 28.

N². Cette prohibition de commission générale pour saisir tous Fiefs ouverts n'a pas lieu contre le Roy.

Dans tous les cas, ces comissions ne durent qu'un an. Fornier sur l'Art. 77 d'Orléans.

3. Le Sergent ou l'Huissier qui fait la Saisie Féodale doit se transporter au lieu du principal manoir, ou au lieu principal du Fief. Arrêt du 22 Décembre 1608. Leprêtre Centurie 3. Chap. 49. & déclarer qu'il le saisit avec toutes ses Apartenances & Dépendances. , Fonds, Très - Fonds, Fruits & Revenus d'iceux, sans qu'il soit besoin d'autre détail. Blois Art. 101. Les Ordon. ne réquérant ces formalités que pour les Rotures. Guiot p. 377. Régles du Droit François p. 117. N°. 10.

Cependant si le Fief consistoit dans une seule piece d'héritage sans nom, ou dans plusieurs piéces particulieres d'un Fief démembré, il seroit nécessaire de désigner ces pieces par joignans & aboutissans, par ce que on ne pourroit autrement connoître les portions saisies, & que cette connoissance est absolument essentielle, la plûpart des formalités introduites dans cette matiere ayant principalement pour objet, de manifester la Saisie d'une maniere qui ne soit point équivoque.

Ce transport sur le Fief, doit néanmoins s'entendre d'un Fief corporel, car pour ce qui est des Fiefs en l'air ou incorporels, la Saisie se fait par Saisie - Arrêt ès mains des Censitaires. Tours Art. 20. Bien entendu des Fiefs en l'air inféodés par le Dominant, dans les Coutumes qui permettent le jeu total du Fief, car autrement la saisie Féodale devroit être faite comme si le vassal possédoit encore le Fief.

4. Dans toutes les Saisies qui emportent perte de fruit, il n'est pas nécessaire d'établir Commissaire. Guiot p. 378, & suiv. *secùs.* dans celles où le Dominant est obligé de rendre compte des fruits perçûs pendant la Saisie, comme, par exemple, dans la Saisie faute de dénombrement, & dans celle faute d'homme. En Anjou Art. 170.

Il est néanmoins d'usage d'établir Commissaire, soit pour lever les fruits en cas d'opposition à la Saisie, suivant l'Art. 101 de Blois, ou pour déposséder le vassal qui pourroit dire en cas de bris de Saisie ne l'avoir point été, ce qui cependant ne devroit militer : mais dans le cas même de l'établissement de Commissaire, le Seigneur qui gagne les fruits, peut dès le lendemain de la Saisie expulser le Commissaire, & joüir par ses mains. Guiot p. 379, 381, & 421. *Vide* le Chap. suivant.

5. Le Sergent doit se faire assister de deux Records non Parens, Alliés, ou Domestiques de la Partie, qui sachent écrire, & signent l'Exploit de Saisie, & dont la demeure & la qualité ou profession soit déclarée dans l'Exploit de Saisie. Art 2 du Tit. 2 de l'Ordon. de 1667. Guiot p. 381. & suivantes ; jugé par Arrêt rendu au profit du Comte de

Joyeuse contre le Marquis de Puyſieux le 10 Juillet 1741.

6. Quand à l'enregiſtrement de la Saiſie Féodale au Greffe de la Juridiction, dont parle la Coutume de Paris Art. 30., elle n'eſt néceſſaire que dans les Coutumes qui l'éxigent, par la raiſon qu'on ne doit point ajoûter de formalités aux actes, qu'elles ne ſoient requiſes textuellement par les Ordon. ou les Coutumes. Guiot p. 386 & 387.

7. On a prétendu dans ces derniers tems que la commiſſion du juge devoit être ſcellée & que la Saiſie faite en conſéquence d'une commiſſion non ſcellée étoit nulle, mais ce ſentiment ſoutenu par Billecoq en ſon principe des Fiefs p. 313. a été proſcrit par deux Arrêts de la 5ᵉ. des Enquêtes des 5 Septembre 1740, & 23 Août 1741.

8. La notification au vaſſal de la Saiſie & de la commiſſion qui la permet, eſt une formalité de rigueur, par ce qu'il faut que le vaſſal ſaiſi puiſſe avoir & ait une connoiſſance pleine de la Saiſie Féodale, afin qu'il puiſſe en ſe mettant à ſon devoir, prévenir les ſuites & les effets de cette dépoſſeſſion. Guiot p. 394.

Ordinairement cette notification ſe fait par une ſignification de la Saiſie Féodale au vaſſal, au chef lieu du Fief, ou à ceux qui en tiennent & régiſſent les Domaines, lorſqu'ils demeurent ſur le Fief, & c'eſt ainſi que l'on

doit entendre l'Art. 101 de la Coutume de
Blois qui porte que led. Exploit fera fignifié
au vaffal & dempteur dud. Fief. l'Art. 170
d'Anjou, qui dit qu'il fera fignifié fait à favoir à partie ou perfonne capable : & l'Art.
20 de Tours qui éxige que la Saifie foit fi-
gnifiée à la partie qui fera au Fief, ou à fon
domicile, par ce que le domicile du vaffal eft fon principal manoir, ou le leu où
fon Fermier demeure, s'il eft fur le Fief
faifi : or fuivant l'Ordon. de 1667, tout exploit fait à perfonne ou domicile eft valable.
Guiot p. 395. *fup.* p. 9. N°. 19.

Lorfqu'il n'y a point de principal manoir
ni de maifon pour le Fermier fur le Fief
faifi, cette fignification fe fait un jour de Fê-
te ou de Dimanche, iffuë de la Meffe Paroif-
fiale, les publications au Prône, dont parlent
les Coutumes, ayant été deffenduës par la
Déclaration de 1698. *ibid.*

La Coutume de Tours, Art. 20, permet
auffi de faire cette Signification iffuë des Vê-
pres, & elle éxige, lorfqu'il eft queftion de
la Saifie d'un Fief incorporel, que la fignification foit faite au domicile du vaffal, s'il
en a un dans l'étenduë de la Seigneurie, finon à fon débiteur des chofes faifies. *ibid.*

Faute de ces notifications la demande pour
infraction de Saifie n'auroit point lieu, les
fruits, fuivant l'Art. 101 de Blois, ne devant fe lever qu'aprés cette notification, ne
coureroient

coureroient point en perte au profit du Dominant, dans le cas de la Saisie qui les donne, & la Saisie qui ne seroit point revêtuë de cette formalité, seroit absolument nulle.

La notification faite en parlant à la personne du vassal même, n'importe en quel lieu, est valablement faite ainsi qu'au Tuteur & Gardien du Mineur Noble Saisi.

9. Outre les formalités ci-dessus, les Saisies Féodales sont assujetties à celles qui sont communes à tous les Exploits, suivant l'Ord. de 1667, telle que la datte de jour & heure, l'élection de domicile dans le lieu où se fait la Saisie, le nom & demeure de la partie saisissante, le nom, demeure & immatricule du Sergent ou Huissier, avec les causes qui fondent la Saisie, & le nom de la Paroisse où elle se fait.

Vide sup. Chap. 4. No. 17. les formalités que doit observer le nouveau Seigneur contre ses vassaux reçus en foy par son prédecesseur.

10. Il est bon d'observer que la Saisie Féodale étant un Acte purement réel, qui n'affecte nullement la personne, elle peut se faire sur le Propriétaire de tel Fief, sans le désigner par son nom, & c'est même l'usage; car le saisissant ne connoît que le Fief & non le vassal qui rélativement à lui, est censé ne point être, tant qu'il n'a point été reçu en foy: mais cela ne peut avoir lieu que dans

D

la Saisie faute d'homme, car dans celle faute d'aveu, le Dominant connoissant son vassal par la foy, doit le nommer.

11. Denisart, *verbo* Saisie Féodale, dit d'après Bourjon, que pour les formalités de la Saisie Féodale, il faut suivre les dispositions de la Coutume de la situation du Fief Dominant : mais que quand aux effets de cette Saisie, c'est la Coutume à laquelle le Fief servant est soumis, qui les régle.

Mais ce sentiment qui est contraire à la maxime *locus regit actum*, ne paroit pas bien fondé.

Les Statuts qui réglent la forme des Actes sont réels, c'est donc par l'usage du Lieu où les Actes sont passés, qu'il faut en régler les formalités.

Il faut cependant distinguer dans les Actes, les formalités qui servent à habiliter la personne qui les passe, par exemple, l'autorisation en Pays Coutumier ; comme elles affectent les personnes, il faut y suivre les dispositions des Coutumes qui réglent leur état.

Celles qui sont de l'essence de l'Acte, par exemple, le nantissement dans quelques Coutumes ; ces formalités affectant spécialement les biens qui y sont situés, il faut les suivre dans tout ce qu'elles prescrivent.

Et enfin celles qui sont pour ainsi dire extérieures à l'Acte, qui ne servent qu'à e rendre probant & autentique, & qui sont plus particulierement comprises sous le terme de formalités, comme sont, la présence du Notaire, des Témoins, leur Nombre, la Signature, le Papier Simple ou Timbré, le Contrôle, &c. Elles se réglent par la Loi du lieu où les Actes sont passés, & les Statuts qui les établissent sont vrayement réels.

Ces principes présupposés, ne doit-on pas dire que la commission à l'effet de Saisir, se donnant par le Juge de la Justice du Fief Dominant, c'est aussi la Coutume qui régit ce Fief, qu'il faut suivre pour les formalités dont elle doit être revêtuë ? mais que la Saisie s'éxerçant sur le Fief servant, c'est par la même raison, la Coutume qui régit ce Fief, qu'il faut suivre pour les formalités qu'elle doit contenir.

CHAPITRE VII.

Combien dure la Saisie Féodale.

1. LEs dispositions de l'Art. 31, & du 62 de la Coutume de Paris fondées sur celles de l'Art. 15 de l'Ordon. de 1563, qui décident que la Saisie Féodale ne dure que trois ans, ayant été étenduës par la Jurisprudence des Arrêts à toutes les Coutumes muettes, il s'en suit que dans ces Coutumes, cette Saisie doit être renouvellée tous les trois

D ij

ans, ce qui s'entend, soit qu'il y ait établiſſement de Commiſſaire ou non ; autrement
les Commiſſaires, s'il y en a, ſont déchargés
de plein D-oit pour l'avenir, & le vaſſal rentre en pleine poſſeſſion. Guiot p. 386, qui
cite Brodeau ſur l'Art. 31 de Paris, & Lo-
et Lettre S. Som. 14. contre Pitou ſur
l'Art. 22 de Troyes. Pocquet des Fiefs,
page 57.

2. Mais s'il y a oppoſition ou inſtance ſur
la Saiſie, elle eſt prorogée de droit, ainſi que
la commiſſion tant que dure la conteſtation,
& juſqu'à Arrêt définitif, s'il y a apel : cette
exception fondée ſur l'Art. 15 de l'Ordon.
de 1569, ci - deſſus citée, ne ſouffre aucune
difficulté. Guiot p. 399. Arrêt du 28 Mars
1600, au profit de M. le Cardinal de Gon-
dy contre le Seigneur de Luſarches.

Mais la conteſtation étant jugée définitive-
ment, ſi le délai ci - deſſus ou autre fixé par
les Coutumes, eſt expiré, il faut le renouveller, à moins que le Jugement ne prononce la perte des fruits, tant que le vaſſal ſera
en Coutumace. Guiot p. 399 & ſuiv.

3. Quoique la conteſtation proroge tant
qu'elle dure, la commiſſion ainſi que la Saiſie, cependant comme elle eſt une charge
purement volontaire, l'on penſe qu'après trois
années, le Commiſſaire en offrant de rendre
compte de ſa commiſſion, peut demander ſa
décharge ſuivant les Art. 20, 21, & 22 du

Tit. des Sequestres & des Commissaires de l'Ordon. de 1667, & que le Juge ne peut la lui refuser. Guiot. p. 402 & suiv.

Observez que la charge de Commissaire étant onéreuse, le Seigneur en cas de refus, ne peut user de contrainte à cet égard que contre un de ses justiciables. Pallu sur Tours, p. 25. N°. 4.

CHAPITRE VIII.

Quelles sont les Charges de la Saisie Féodale.

1. L A premiere Charge qui soit imposée au Seigneur qui joüit du Fief de son vassal, à Titre de Saisie Féodale faute d'homme, ou qui le fait régir par des Commissaires faute de dénombrement, est d'en jouir en bon Pere de Famille, & de le régir comme le vassal le régiroit lui-même pour son propre bien. C'est ce qui résulte des Art. 1 & 54 de Paris. 109 & 113 de Tours. 78 de Blois, & 103 d'Anjou, qui sont de Droit commun.

2. D'où il suit que conformement à l'Art. 78 de Blois, qui est de Droit général, il ne peut hâter les coupes de Bois, soit par raport à l'âge, soit par raport à la Saison, ni la Pêche des Etangs, qu'il ne peut couper les Bois - Fu-

D iij

taye qui font réputés tels à trente ans, ni ceux
plantés pour l'embelliffement & la décoration
de la Maifon ou du Fief, ni cueillir les fruits
avant leur maturité, & qu'il ne peut faire
tailler les Vignes à grand Bois pour en tirer
plus de Fruits pendant fa joüiffance, qu'il
doit faire Cultiver, Enfemencer, & Donner
aux chofes faifies les Façons néceffaires,
fuivant l'ufage du Pays : en un mot, il doit
joüir comme un bon Pere de Famille, di-
fent les Coutumes. Guiot p. 403. Et il faut
tenir pour Principe avec Dumoulin, que
le Seigneur Dominant doit joüir & percevoir en vertu de la Saifie *dans les tems & Sai-*
fons ordinaires du lieu, felon la nature & la
qualité de la chofe, & fuivre en tout la deftina-
tion du Pere de famille, c'eft-à-dire, la façon
dont le vaffal lui-même adminiftreroit & gou-
verneroit fon propre bien, pour en ufer comme un bon Pere de famille. Guiot p. 404.

3. Il eft tenu de l'entretien ordinaire
des Bâtimens & Héritages, à moins qu'il ne
paroiffe par les circonftances qu'il a été contraint d'agir autrement. *ibid.* Poquet des Fiefs. p. 60.

Bourjon Liv. 2. Tit. 3. Chap. 1. N°. 249.
dit que le faififfant qui fait plufieurs récoltes,
eft tenu des reparations d'entretien, *id-eft,*
des viagéres : mais que quand il n'a fait qu'-
une feule récolte, il n'en eft pas tenu, par
ce qu'en ce cas elles font préfumées antérieu-

xes à fa joüiffance, fauf l'effet de la preuve contraire, & que pour rendre cette préfomption efficace, il doit les faire conftater à l'inftant de fon entrée en joüiffance : pour moi je penfe que le Seigneur qui s'eft mis en poffeffion fans faire conftater les lieux, eft fenfé les avoir trouvé en bon état, & qu'il doit en conféquence être tenu indiftinctement des reparations d'entretien, à moins que fa joüiffance n'ait été fi courte, qu'il n'y ait pas lieu de préfumer qu'elles ayent été occafionnées par la joüiffance.

4. C'eft un principe général, que le Seigneur n'eft point tenu d'acquiter les charges qu'il n'a point inféodées, c'eft-à-dire, en un mot qui n'ont pas été reportées dans les aveux reçûs, à moins qu'il n'en fut lui-même créancier, par ce que par là, il a reconnu la charge du Fief, qui par conféquent fe trouve confufe en fa perfonne. *ibid.*

5. Mais il eft tenu du Ban, & Arriere-Ban, Dixieme, Taille d'Eglife, Pavé, Fortifications, &c. qui feroient levés pendant la Saifie, par ce que ce font des charges réelles du Fief préférables aux Droits du Seigneur. *ibid.* p. 405.

6. Il n'en eft pas de même de celle des Francs-Fiefs, qui eft pure perfonnelle au vaffal, & occafionnée par fa qualité roturiere, enforte que s'il eft obligé de payer pendant fa Saifie, il aura fon recours contre fon

vaſſal, qui ne pourra ſe diſpenſer de l'en acquitter. *ibid.*

7. Le Seigneur n'eſt pas non plus tenu
d'acquitter le Doüaire, ſoit Coutumier ou
préfix, impoſé ſur le Fief ſaiſi, mais la Veuve peut offrir la foy, ou ſe pourvoir contre
l'héritier négligent. Anjou, 126. Poquet,
page 60.

8. Il n'eſt pareillement tenu des accidens
qui arrivent dans ſon exploitation, que lorſqu'ils ſont occaſionnés par ſon dol ou ſa grande faute. Poquet *ibid.*

CHAPITRE IX.

Du Privilége de la Saiſie Féodale.

1. L A Saiſie Féodale eſt préférable à toutes les autres Saiſies, même quand la
Saiſie réelle ſeroit antérieure, qu'il y auroit
établiſſement de Commiſſaire, & Bail judiciaire fait longtems auparavant, par ce que le
Seigneur a un Droit primitif : c'eſt ce qui a
été jugé *in terminis* par Arrêt du 21 juillet
1639, raporté par Richard ſur l'Arr. 34 de
Paris, qui veut que les Créanciers ſaiſiſſans
députent un homme pour faire la foy, & obtenir main levée. Poquet de Livonniere des
Fiefs, p. 57. Mais cette préférence n'a effet que

pour l'hommage qui doit être fait par le Commissaire.

2. A l'égard des Droits & Profits, le Seigneur doit se pourvoir à l'ordinaire, & la Saisie Féodale doit céder à la Réelle. Arrêt du 7 Août 1627. Auzanet sur Paris Art. 34. Basnage sur Normandie Art. 109. Lacombe Jurisprudence civile *verbo* Saisie réelle Nº. 5.

Pareillement, s'il s'agissoit d'une Saisie antérieure faite à la requête du Créancier d'une rente inféodée, elle seroit préférée à la Saisie Féodale : la raison est que par l'inféodation le Seigneur a reconnu la rente, & qu'il en est tenu. Guiot p. 405 & 406. Pallu sur Tours p. 29. *verbo* fait les fruits siens, & p. 27 *verbo* celui qui a Droit, où il décide que les Créanciers ne peuvent user de la faculté de faire la foi, que lorsqu'il y a un homme au Fief : que le Curateur aux biens vacans ne peut être regardé comme tel : mais qu'il faut que les Créanciers présentent un homme en Justice, qui sera nommé homme vivant & mourant, par la mort duquel il y aura ouverture au Fief. Arrêt du 1. Décembre 1544, raporté par Dumoulin sur l'Art. 62 de Paris, Nº. 99. Baquet des Droits de Justice Chap. 14. Nº. 20. Loiseau du déguerpissement. Liv. 6. Chap. 5. Nº. 14. Mais que si les Créanciers demandoient souffrance de trois ou six mois, le Seigneur seroit tenu de leur accorder, après quoi il pourroi

reprendre ſes pourſuittes, & obliger les Créanciers à lui donner homme vivant & mourant. *ibid.*

CHAPITRE X.

Des Dommages, Intérêts reſultans des Nullites de la Saiſie Feodale.

ON a demandé ſi une Saiſie Féodale
nulle, emportoit Dommages - intérêts ?
Pour décider cette queſtion, il faut faire
avec Dumoulin, ſur l'Art 76 de Blois cette
diſtinction, la Saiſie eſt nulle faute de Droit
de la part du ſaiſiſſant, *pro non debito*, ou faute
d'avoir rempli dans la Saiſie les ſolemnités
requiſes, *ex defectu ſolemnitatis.*

1°. *caſu*, la Saiſie étant plûtôt tortionnaire
que nulle, il y a lieu à la reſtitution des fruits
& aux dépens, dommages & intérêts du
vaſſal.

2°. *caſu*, tous les autèurs ſont d'accord qu'il
doit être ſeulement donné main levée, ſans
aucuns dommages & intérêts.

Dans tous les cas, quelque raiſon que puiſſe
avoir le vaſſal, il ne doit pas ſe faire Juſtice
à ſoi - même ; mais ſe pourvoir, ſoit par oppoſition ou par apel, ſans même qu'il puiſſe
intenter l'action de ſaiſine & de nouvelleté
qui n'a point lieu en ce cas. Art. 99 de Blois:

mais seulement lorsqu'il s'agit d'un trouble, voyes de fait, ou violence commise, & non quand on a procédé par voyes de Droit, par ce que la Justice ne trouble & ne dépoüille personne. *Vide* Brodeau & Louet Lettre F. Som. 20. Dumoulin sur l'Art. 76 de Blois. Pallu sur les Art. 18, 19, 20, & 22 de Tours p. 26. N°. 3. Régles du Droit François. Liv. 2. Tit. 5. Chap. 1. Sect. 3. Lacombe Jurisprudence Civile *verbo* Saisie Féodale N°. 7.

CHAPITRE XI.

Quels sont les effets de la Saisie Féodale.

1. A L'exception de la Coutume d'Anjou Art. 104, qui ne donne au Seigneur les fruits du Fief saisi, qu'autant qu'il les a consommés; en général l'effet principal de la Saisie Féodale faute d'homme, est d'acquerir irrévocablement au Seigneur tous les fruits qu'il a recüeilli ou dû recüeillir sur tout le Fief-vassal saisi : on entend par tout le Fief-vassal, toutes les apartenances & dépendances du Fief, comme Fief, en un mot, tout ce qui a été ou dû être compris dans l'aveu du vassal, & non pas ce qui forme les apartenances & dépendances de sa Terre ou

de son Fief, comme Fond Patrimonial, ainsi quand on Saisit le Fief nommément, tout ce qui en dépend est réputé saisi. Guiot p. 406, 407, & 408. *Vide* ci-après Chap. 17, ce que c'est que les apartenances & dépendances du Fief.

2. Si le vassal avoit acquis un arriere Fief du Dominant, sans réunion, la Saisie en ce cas ne profiteroit pas au Seigneur saisissant pour l'arriere Fief : mais il pourroit le saisir à part comme tout autre arriere Fief ouvert, pendant la Saisie du Fief-vassal, & le vassal obtiendroit main levée de cette Saisie, en faisant la foy du Fief servant, par ce que la Saisie des Fiefs qui en relévent, cesse par la foy, ou l'offre de foy qui est faite pour le couvrir. Guiot qui éléve d'après Dumoulin cette question p. 408, & la résoud p. 409, pose pour principe que si l'arriere Fief est ouvert par mutation à profit, & *est ouvert dans le même tems que le Fief*, le Seigneur en aura le profit, que le vassal sera tenu de lui payer lorsqu'il se présentera à la foy pour le Fief, comme étant les deux Fiefs ouverts en même tems : je tiens au contraire que le Seigneur dans l'espéce, ne doit avoir aucun profit de l'arriere Fief, par cela même qu'il est ouvert en même tems que le Fief immédiat.

Pour s'en convaincre, il suffit de se rapeller ce que dit l'auteur, deux pages plus bas, que ces profits sont acquis au Seigneur saisissant fant lorfque les arriere-Fiefs font ouverts pendant la Saifie, & qu'ils le font à celui qui poffédoit le Fief dominant lors de l'ouverture: d'où il fuit que le Seigneur faififfant qui n'a pû faifir, & par conféquent poffeder le Fief qu'après l'ouverture, ne peut jamais gagner les profits dûs par l'ouverture de cet arriere-Fief qui a la même caufe que celle du Fief vaffal.

Ce qui fe collige encore de l'explication donnée par l'auteur p. 723 de fon dernier Vol. de la Régle, *Le vaffal veille tant que le Seigneur dort*, & vice verfâ, *le Seigneur dort tant que le vaffal veille.* D'où il tire la conféquence jufte que, tant que le Seigneur n'a point faifi, le vaffal joüit pleinement de fon Fief, & que dès que le Seigneur l'a faifi il en joüit pleinement jufqu'à ce que le vaffal foit venu à la foy : d'où il réfulte néceffairement que le vaffal ayant joüi pleinement de fon Fief jufqu'au jour de la Saifie, les profits de l'arriere Fief qui étoit ouvert pendant ce tems, font à lui & non au Seigneur qui n'a pû faifir pour les gagner, que quarante jours après l'ouverture, par ce qu'enfin tous les profits arrivés pendant fa joüiffance lui apartiennent irrévocablement jufqu'à la Saifie, comme ils apartiennent au Seigneur Saififfant, lorfqu'ils font arrivés pendant fa Saifie jufqu'à la main levée. *inf.* p. 61.

E

Nous avons dit que le Seigneur, par la Saisie féodale faute d'homme, gagne tous les fruits qu'il avoit recueillis ou dû recueillir, par ce qu'il faut distinguer les fruits naturels & les fruits civils.

Il y a sur cette matiere plusieurs régles importantes décidées par Arrêt du 11 Mars 1681, raporté au Journal du Palais Tom. 7. de l'Edition in-4°. p. 206 & suiv. & par les principes de la matiere.

3. La premiere, est que le Seigneur ne prend que les fruits qui sont échûs, ou qui ont été récoltés pendant la Saisie du Fief, soit qu'il soit affermé ou non, & que la Saisie ait duré plus que l'année. Guiot p. 409 & 410.

4. La seconde régle, est que le Seigneur gagne en entier les profits des arriere-Fiefs ouverts pendant la Saisie du Fief servant, quand même le vassal auroit obtenu main levée le lendemain de la mutation arrivée dans les arriere-Fiefs, par ce qu'il lui a suffit comme nous venons de le remarquer, qu'il ait été en joüissance par la Saisie, à l'instant de l'ouverture. *ibid.* p. 410, 411, & *inf.* p. 61.

5. La troisieme régle, est qu'il gagne tous les fruits naturels & industriaux qu'il a fait abatre, ou qui ont été séparés du sol pendant la Saisie, encore qu'elle n'eut duré que le tems nécessaire à cet effet : je dis les fruits abatus, par ce qu'effectivement le Seigneur

saisissant n'a que ceux-là, & que ceux qui sont encore attachés au fond lors de la main levée, apartiennent au vassal, encore qu'ils fussent dans un fond cultivé & même défriché par le Seigneur qui ne peut en ce cas répéter que ses frais de labours & semences. C'est ce qui résulte des Art. 69 d'Orléans. 21 & 109 de Tours. 104 d'Anjou, & 76 de Blois, qui portent, *& fera siens tous les fruits, profits, revenus, & émolumens qu'il aura pris, ou fait prendre aud. Fief,* JUSQU'A CE QU'IL Y AIT HOMME: d'où il suit que la foy faite, le Droit du Seigneur cesse *in instanti,* ainsi que le porte l'Art. 100 de Blois contre Dumoulin, & Guiot p. 411 & 412.

6. La quatrieme régle, est que pour les Loyers de Maisons, Moulins, Arrérages de Rentes dûs au vassal à cause de son Fief, qui ne sont point des fruits causés par quelque récolte, & que l'on apelle fruits civils, ils échoient *de die in diem,* & le Seigneur les a au *rata* du tems qu'a duré la Saisie. *ibid.* p. 412. *secus* du menu Cens qui ne se gagne que par son échéance.

7. La cinquieme régle, est par raport aux Bois-Taillis qui se trouvent en coupe; le Seigneur dans le cas de la Saisie ne fait pas comme dans l'exploitation du relief qui est un profit gracieux, où il n'a qu'une feuille des Bois, il prend toute la coupe qui est a-

meublie à son profit en entier, aussitôt qu'elle est en coupe : mais il faut pour cela que les Bois soient en coupe. L'Art. 109 de Tours, 78 de Blois, & 103 d'Anjou, le disent précisément.

Des Bois sont réputés en coupe de deux façons, si le Propriétaire a des coupes marquées, qu'il soit dans l'usage de faire exploiter tous les ans, le Seigneur saisissant qui doit joüir en bon Pere de famille, doit suivre cet usage, & ne peut couper que la coupe qui devoit être coupée lorsqu'il a saisi.

Si le Propriétaire n'a point de coupes réglées de cette façon, le Seigneur saisissant peut faire exploiter les Bois qui sont en age d'être coupés, suivant l'usage du pays : *ille est debitus modus*, dit Dumoulin sur le §. 1. de la Coutume de Paris, Gl. 8. N°. 53. *qui fit secundum consuetudinem regionis, qualitatem, & conditionem rei, & destinationem Patris familias. Vide sup.* Chap. 8. N°. 2.

8. La sixieme régle, est pour les Etangs qui sont en Pêche, que le Seigneur gagne en entier aussitôt que la Bonde est levée. Blois Art. 100. Guiot 413. Bourbonnois 374. Pratique des Terriers Tom. 1. p. 184.

9. La septieme régle, est que le Seigneur reçoit le prix de la Ferme (dans les Coutumes comme Paris, Blois & Anjou, ou il doit s'en contenter s'il n'y a fraude, *secùs* à Tours, Art. 113.) en quelque tems qu'il échoïe, si

pendant la Saisie le Fermier, soit conventionel ou judiciaire, a fait toutes les récoltes; si au contraire il n'en a fait qu'une partie, comme s'il n'a récolté que les Foins, les Grains, ou les Vignes, on fait une ventillation du prix de la Ferme, eu égard à ce que les fruits récoltés pendant la Saisie peuvent porter du prix total de la Ferme. Guiot p. 413.

La fraude se présume à Paris, à Blois, & dans les autres Coutumes qui n'ont point de dispositions contraires, lorsque le bail est fait depuis la notification de la Saisie : car le vassal étant dépossédé, il n'avoit plus le Droit d'affermer. Brodeau Art. 56. N°. 5 & 6 : & Lemaitre derniere édit. p. 65.

En Anjou l'Art. 122 distingue où c'étoit l'usage d'affermer le Fief : ce qui se présume par trente ans de Ferme, où il n'a été affermé que depuis trente ans. 1°. *casu*, Le Seigneur est tenu de prendre la redevance. 2°. *casu*, Il peut joüir en essence, s'il joüit du tout il doit rembourser les frais de labours & semences : *secùs*, s'il ne joüit que de la moitié. Guiot p. 420. Poquet de Livonniere des Fiefs. Liv. 1. Chap. 8. Sect. 5.

10. Nous avons dit que le Seigneur reçoit le prix de la Ferme, & qu'il est obligé de s'en contenter. C'est la disposition précise de l'Art. 56 de Paris, qui a lieu sous les restrictions que nous avons remarqué dans les Coutumes qui n'ont rien de contraire : mais la

E iij

Coutume de Tours a, à cet égard, des dispositions bien différentes : elle porte Art. 113 ,
que le Seigneur qui léve par deffaut d'homme, doit au regard des fruits artificiels, *id-eft*
induftriaux *fecùs* des naturels , laiffer la portion du Laboureur & Métayer partiaire : mais
que fi lefd. chofes font baillées à Ferme de
Deniers, Grains ou autres ch●●●s , le Seigneur n'eft tenu d'entretenir lad. Ferme, fi
bon lui femble.

D'où il fuit que dans le cas où les chofes
faifies feroient affermées à moitié, le Seigneur
eft tenu de fe contenter de la portion qui
auroit apartenuë au Propriétaire du Fief.

Et que où elles auroient été affermées pour
un prix certain en Grains , Argent , ou autres
chofes, il peut, fi bon lui femble, fe contenter du prix de la Ferme, ou joüir par fes
mains, s'il le juge à propos.

11. La huitiéme régle, eft que le Seigneur
faififfant qui perçoit les fruits du Fief en effence, doit à l'égard des fruits induftriaux,
(c'eft-à-dire, que la Terre ne produit qu'autant qu'elle eft cultivée à cet effet,) déduire
& rembourfer les labours & femences. C'eft
la difpofition de l'Art. 56 de Paris, qui fait
le Droit commun, & le fentiment de tous
les auteurs fur cet Art. Nous ajouterons même, fans diftinguer, fi elles ont été faites
par le Propriétaire ou fon Fermier, ainfi que
l'a fait Tournet ; par ce que le Seigneur ne

doit percevoir que les fruits du Fief, & ces fruits ne consistent qu'en ce qui reste, les frais prélevés. Domat des Loix civiles Liv. 3. Tit. 5. Sect. 3. N°. 11. Or s'il percevoit sans rembourser les frais, il percevroit plus que les fruits du Fief, en un mot plus que le vassal n'auroit perçu. Dumoulin sur l'Art. 38 de l'ancienne Coutume de Paris N°. 4, 5 : Lemaitre p. 65, disent néanmoins que le Droit du Seigneur étant purement réel, il ne doit rembourser les labours qu'autant qu'il en profite, qu'ainsi s'il y avoit stérilité entiere il n'en seroit tenu : la raison, c'est qu'il n'est tenu de ces impenses qu'autant qu'-elles sont charges des fruits : d'où il suit que s'il n'en recueille point, il n'en est pas tenu : mais pour cet effet, il doit dénoncer au vassal qu'il n'entend point recueillir les fruits du Fief saisi : autrement, c'est-à-dire, quand il a gardé le silence, il est censé les avoir perçus, les labours sont à ses charges, & il ne seroit pas recevable à offrir compte des fruits qui sont à ses risques.

12. La difficulté est de savoir si ces frais doivent se rendre avant ou après la récolte : il faut distinguer si c'est le Seigneur qui doit rendre au vassal, ou le vassal au Seigneur, dans le cas où il auroit fait cultiver le Fief pendant la Saisie, comme il y est obligé.

1°. *casu*, Le Seigneur ne sera tenu de ren-dre ces frais qu'après la récolte faite, par ce que jufqu'à la récolte, le vaffal étant toujours le maître de venir à la foy, le Seigneur eft incertain s'il percevra. Brodeau fur l'Art. 56 de Paris. Sentence des Requêtes du Palais du 19 Mars 1711. Guiot p. 416, contre Orléans Art. 71. Et Etampes Art. 30, dont les difpofitions dures, doivent être reftraintes dans leur Territoire.

20. *cafu*, le vaffal fera tenu de les rendre, en obtenant main levée, par ce qu'en ce cas le Seigneur géroit pour le vaffal. Ferriere fur l'Art. 56 de Paris Gl. 2. N°. dernier. Guiot p. 416 & 417.

13. La neuvième régle, eft que le Seigneur qui a joüi en effence, eft obligé de laiffer les Fumiers, Chaumes, Foins, Pailles & autres Fourrages, de fouffrir que le Bétail étant fur le Fief, y foit nourri & entretenu comme avant la Saifie, fans pouvoir changer le Métayer ou Laboureur. Anjou Art. 122. Tours Art. 113. Ce qui eft jufte, afin qu'une Terre ne foit pas dénuée, & qu'après la main evée de la Saifie, le Vaffal ou Fermier foient en état de la faire valoir : il doit auffi laiffer les Etangs garnis de peuple fuffifant. Poquet p. 59.

14. La dixieme régle, eft que le Seigneur ne peut faifir que le Fief, *id-eft*, les Immeubles & Droits réels qui forment le Fief du vaffal, & il ne peut faifir fes Meubles, ni par conféquent les fruits de fon Fief quand

ils font une fois abattus, par ce que par là ils
font réputés Meubles, il en eft de même d'un
Etang dont la Bonde eft levée pour le pê-
cher. Guiot p. 414. Arrêt du 14 Fevrier 1661.
Journal des Audiances T. 2. p. 329. Poquet
de Livonniere Traité des Fiefs p. 58, qui
déclare nulle une Saifie Féodale faite des
fruits & non du fond du Fief, ce qui ne for-
moit qu'une fimple Saifie - Arrêt. Brandon,
qui n'a lieu qu'en Cenfive. M. Talon lors
de cet Arrêt, contre Dupineau en fes Obfervations fur l'Art. 103 d'Anjou.

15. La onzieme régle, eft que, fuivant
l'Art. 58 de Paris qui fait le Droit commun,
le Seigneur ne peut déloger le vaffal ni fa
famille : mais doit fe contenter de ce qui lui
eft néceffaire dans les Bâtimens pour fon exploitation, & fi le Fief confifte en une Maifon
feulement, cet Art. décide que fi elle eft
louée, le Seigneur doit fe contenter du loyer
(ce qui pourroit fouffrir difficulté à Tours
à caufe de l'Art. 113.) & que fi elle ne l'eft
pas, il les doit avoir à dire d'Experts.

Sur laquelle eftimation il feroit jufte de déduire la portion que le vaffal pourroit occu-
per. Guiot p. 415.

16. La douzieme régle, eft que le Seigneur qui joüit à Titre de Saifie Féodale faute d'homme, n'eft pas tenu de nourrir fon vaffal, quand il n'auroit pas d'autres biens, &

qu'il seroit Mineur. Melun Art. 81. Sens Art.
209. Guiot p. 417.

17. La treizieme régle, est que le saisissant ne joüit pas du Droit de patronage qui
n'est pas un fruit ordinaire du Fief. D'Argen-
tré contre Dumoulin. Guiot p. 417. N°. 13.
cinquieme partie p. 419 & 150. Chopin du
Domaine Liv. 3. Tit. 19. M. Potier sur Orléans Traité des Fiefs N°. 63, est d'un sentiment contraire.

18. La quatorzieme régle, est que l'ouverture du Fief vassal n'acquiert pas les fruits
& qu'il faut une Saisie dans les formes pres-
crites; autrement le Seigneur est censé dor-
mir, & le vassal veiller. Guiot p. 418 contre Tours Art. 109. *Vide suprà* Chap. 6.

Quand au Droit du saisissant sur les arriere-Fiefs, *Vide infrà* Chap. 12. p. 61.

Nous avons dit ci-dessus que la Saisie Féodale faute d'homme, emportoit perte de tous
les fruits, pour la distinguer de la Saisie faute d'aveu, & autres causes qui ne sont que
pour exciter le vassal, & à qui le Seigneur
doit rendre compte des fruits, après qu'il s'est
mis en régle, mais dans la Saisie faute d'homme, les Coutumes d'Anjou & de Tours aportent encore des distinctions qui restent à observer.

19. La Coutume d'Anjou Art. 104, porte que tous les fruits & émolumens pris par
le défaut dud. hommage non fait, & qui

feront confommés, demeureront aud. Seigneur
de Fief : la difficulté eft de favoir ce que la
Coutume a entendu par ces termes, *& qui feront confommés*, eft - il queftion d'une confommation naturelle ou artificielle ? la queftion s'en eft
préfentée ainfi que le remarque Dupineau
dans fes obfervations fur l'Art. 104 ; & il dit
qu'il fut jugé par Sentence du Préfidial d'An-
gers du 27 Juin 1618, confirmé par Arrêt
du 25 Janvier 1620, que ces termes devoient
s'entendre d'une confommation naturelle, &
qu'en conféquence le Seigneur faififfant ne
peut apliquer à fon profit les fruits du Fief
faifi, qu'autant qu'il les a naturellement confommés ou pû confommer, en ufant d'iceux
comme un bon Pere de famille, pendant le
tems de la main-mife, & fans en faire aucuns ravages : le tout eû égard à fa condition,
à celle de fa famille, & à la qualité des fruits, enforte que cette confommation doit
être réglée rélativement à celle qu'il auroit
faite fuivant l'ufage ordinaire, de femblables
fruits qui lui auroient apartenus.

Enforte que le vaffal s'étant acquité de fon
devoir quelque tems après la Saifie, le Seigneur doit lui reftituer tout ce qu'il n'a pû
confommer. Poquet de Livonniere des Fiefs
P. 54.

20. Il faut encore obferver qu'en Anjou,
fuivant l'Art. 106, le Seigneur qui faifit fur
le mineur qui n'a point de tuteur, ne fait

pas les fruits siens, & qu'il est obligé de restituer au tuteur, tous ceux qu'il aura perçus, les frais faits préalablement déduits. Poquet des Fiefs p. 57 & 58.

21. Nous observerons encore qu'en Anjou le saisissant jouit, suivant l'Art. 103 de l'essouille du revenu & acroit des bestiaux étant sur le Fief, dont il doit conserver le capital. Poquet de Livonniere des Fiefs p. 59.

22. A Tours, suivant l'Art 116, le Seigneur de minorité Féodale (18 ans pour les Mâles, & 14 pour les Filles, Nobles ou Roturiers. Art. 344.) ne peut contraindre ses vassaux de venir à la foy, & ne peut être contraint de les y recevoir pendant leur minorité Féodale : d'où l'on y induit que dans tous les cas la Saisie faite sur le mineur, n'emporte perte de fruits qu'après une sommation de rendre la foy, & Pallu sur cet Art. cite un Arrêt raporté par M. Lepretre Chap. 43 de la seconde Centurie, qui a même jugé que la Saisie faite sur le Pere ou Prédécesseur majeur, cesse d'avoir lieu si les Héritiers ou Successeurs sont mineurs : & il ajoûte qu'il en seroit de même de la Saisie faite sur le Parageur majeur, pour raison de la portion de ses Parageaux mineurs.

23. Il faut encore observer que suivant l'Art. 345, le Bailliftre ne donne ni ne reçoit d'aveu.

CHAPITRE

CHAPITRE XII.

Du Droit du Seigneur Saisissant sur les arriere - Fiefs.

1. IL est de Droit Coutumier général que lorsque, pendant la Saisie Féodale faute d'homme, le Seigneur trouve les arriere - Fiefs ouverts, il peut les saisir & en joüir comme du Fief vassal : mais il faut qu'il saisisse ; si cependant le vassal les avoit saisis, cette Saisie profiteroit au Seigneur, comme è converso la Saisie du Seigneur profiteroit au vassal qui obtiendroit main levée. Mol. §. 36. hodiè 54. N°. 5. Guiot 5. Vol. p. 722. Blois 77. Paris 54. Anjou 103.

2. En ce cas, les Propriétaires des arriere-Fiefs peuvent faire la foy au suzerain, & ils obtiendront main levée, sans que dans la suite le vassal puisse les resaisir.

Ils peuvent même donner leurs dénombremens au suzerain qui, après la main levée, est tenu de remettre à son vassal les Actes de foy & les dénombremens, sauf à en garder des copies à ses frais ; mais la réception d'aveu par le suzerain, n'empêche pas le vassal qui a obtenu main levée, de blamer. Dumoulin §. 37. hodiè 55. Gl. 7. N°. 4.

F

3. Le Seigneur gagne tous les profits des mutations des arriere - Fiefs qui s'ouvrent pendant la Saisie du Fief vassal, & ce, quand même il n'en auroit pas été payé pendant la Saisie, il peut retirer les arriere - Fiefs vendus pendant la Saisie, sans qu'après la main levée, il soit tenu de les remettre au vassal ou de les rendre : ce point est à présent sans difficulté.

La raison qui fait gagner au saisissant tous les fruits de l'arriere - Fief ouvert pendant la Saisie, est, par ce qu'il est réputé leur Seigneur Dominant pendant ce tems, & qu'il est de principe immuable que les profits & le retrait apartiennent au Seigneur du tems de l'ouverture. Guiot *ibid.* 5. Vol. p. 722. *sup.* p. 48.

CHAPITRE XIII.

De l'Usufruitier du Fief Dominant.

1. SUivant l'Art. 2. de Paris, qui a formé le Droit commun, l'Usufruitier du Fief Dominant, quand la mutation est à profit, peut saisir le Fief servant ouvert, en mettant le nom du Propriétaire dans l'exploit, & le Propriétaire ne peut donner main levée, qu'en payant ou faisant payer les Droits de la mutation à l'Usufruitier.

2. Si la Saisie étoit faite par l'Usufruitier, il peut en donner main levée, quoique la foy ne soit point faite, par ce que son objet en saisissant, a été plûtôt le gain des fruits ausquels il peut renoncer, que la foy : mais quand c'est le Propriétaite qui a fait saisir faute d'homme, l'Usufruitier ne peut accorder main levée; que le Propriétaire n'y consente, par ce qu'alors l'objet principal de la Saisie a été plûtôt la foy que la perte des fruits, qui n'est que conséquente & occasionnelle. Guiot 5. Vol. p. 723.

CHAPITRE XIV.

De la main levée de la Saisie.

1. LOrsque la foy est faite, ou régulierement offerte & faite, la main levée a lieu de plein Droit. Tours Art. 21. Anjou 104. Blois 39. Droit commun. Le Seigneur ne peut plus resaisir : exceptez à Tours où suivant l'Art. 110, le Seigneur qui revient & séjourne au moins pendant huit jours, au lieu où l'hommage est dû, peut, lorsqu'elle y a été faite en son absence, saisir de nouveau, si le vassal ne vient réitérer sa foy; *Vide supra* Chap. 4; dès que le vassal a présenté son aveu, quand même il y auroit blâme, il

doit pareillement avoir main levée. Droit commun.

2. De Droit commun, le combat du Fief suspend la Saisie jusqu'au jugement du procès ; mais pour cet effet, il faut que le vassal se fasse recevoir par main souveraine devant le Juge Royal dans le ressort duquel le Fief contentieux est situé, en conséquence de Lettre de Chancellerie, ou d'une simple Requête expositive du fait, suivant l'usage des Siéges, * & qu'il consigne les profits s'il en est dû : encore qu'il les ait payé à un des contendans, par ce qu'il peut se faire que par l'événement ils soient dûs à l'autre. Paris Art. 60. Nouvelles Nottes sur l'Art. 96 de la Coutume d'Orléans. Dictionnaire de Droit *verbo* main souveraine. Jurisprudence Franç. Art. 204. A Blois, suivant l'Art. 39, le vassal n'aura main levée en ce cas, qu'en donnant caution.

3. Le vassal qui a passé au désaveu, a main levée provisoire pendant le procès, & ne peut plus être saisi, s'il ne l'a point été : la raison est que, le Seigneur étant désa-

---

* Na. Que cette réception ne se fait jamais que sous la condition expresse de consigner les profits qui peuvent être dûs, & de porter la foy à celui qui réussira : elle doit être faite en présence des contendans, ou eux duement apellés ; & le Successeur de celui qui s'est fait recevoir, doit remplir la même formalité, s'il veut éviter la perte des fruits.

voüé, fa puiffance fur le vaffal ceffe, ou tout au moins eft en fufpens : & dès qu'il eft incertain s'il fera jugé Seigneur, il eft vrai de dire que jufqu'à ce, il ne peut comme tel agir contre le vaffal. C'eft ce qui a même lieu, quand le défaveu auroit été condamné par Sentence : par ce qu'en ce cas l'apel eft fufpenfif : mais fi le défaveu étoit fait par un incapable de défavoüer, Il n'y auroit pas de main levée, par ce qu'alors le défaveu eft nul, & que dans le vrai il n'y en a point. Guiot 5. Vol. p. 783. 4. Vol. p. 284. Paris Art. 45. Arrêt des grands jours de Poitiers du 1. Octobre 1579, raporté par Ricard fur cet Art. Poquet de Livonniere Traité des Fiefs p. 124. Blois Art. 101.

4. Tours Art 22. n'accorde cependant cette main levée qu'en donnnant caution.

5. Pendant l'apel ou l'oppofition, les chofes faifies doivent être régies par commiffaires, pour rendre compte des fruits à celui qui obtiendra en fin de caufe ; par ce qu'alors le Droit du Seigneur étant contefté, devient incertain, & il n'eft pas jufte qu'il joüiffe jufqu'à ce qu'il foit fixé. Blois Art. 39 & 101. Tours Art. 22, qui porte que l'apellation ou oppofition ne fufpend la Saifie, doit s'entendre des chofes nobles, & de la main levée pure & fimple qui remet le vaffal en poffeffion : *fecùs* des roturiers au regard

defquels l'apel ou l'oppofition opere pléine main levée. Pallu fur cet Art. 22. N°. 4.

Si le vaffal ne doit que la bouche & les mains, le Seigneur peut donner main levée au préjudice de fes créanciers, *fecùs* : s'il eft dû des profits par l'ouverture du Fief fervant, par ce que les créanciers étant maîtres d'éxercer les Droits de leur débiteur, peuvent le contraindre en ce cas de faifir féodalement. Lebrun des Succeffions Liv. 2. Chap. 2. Sect. 2. N°. 42. Renuffon des Propres. Chap. 4. Sect. 8. N°. 21. Coquille Queftion 26. Lebrun *ibid.* Liv. 3. Chap. 4. N°. 51, & Liv. 2. Chap. 2. Sect. 2. N°. 46. Bafnage fur Normandie Art. 109. Ricard fur Paris Art. 34; mais il ne le peut au préjudice de fon Fermier. Coquille & Bafnage au même lieu. Cependant il y a lieu de croire qu'il faut en ce cas faire la même diftinction que pour les créanciers, puifqu'il y a même raifon. Lacombe Jurifprudence civile *verbo* créancier N°. 8 & 9. & *verbo* Saifie Féodale N°. 4. fur la queftion de favoir fi le Seigneur eft obligé de donner main levée, lorfqu'il lui eft dû des anciens Droits. Voyez ci-deffus Chap. 4. p. 18. & fuiv.

Les Coutumes de Blois, Anjou & Tours ont encore quelques difpofitions fur la main levée que nous allons déduire.

6. A Tours, en cas de Saifie faute de Droits non payés, le vaffal doit avoir main levée en les offrant Art. 28.

Si ces Droits excédent ceux fixés par la Coutume, il aura encore main levée en offrant ceux de Coutume, s'opposant pour le surplus, & donnant caution de la Terre de son Seigneur ou de son Suzerain qui aura permis lad. Saisie. Tours Art. 28 ; & en cas de refus il peut s'en complaindre, dit l'Art. 29, au Juge du saisissant, ou apeller devant celui de son Suzerain.

S'il étoit dû d'anciennes Ventes, quoique le Seigneur fut dans les dix ans que l'Art. 146 lui accorde pour saisir, le vassal auroit néanmoins main levée, en payant les Droits de sa mutation, & en donnant caution pour ceux dûs par les auteurs. C'est la disposition de l'Art. 146, qui éxige que le Seigneur en ce cas donne un délai suffisant au vassal, pour apeller ses garens, s'il en a.

S'il y a différent sur le reblandissement, *id - est*, sur la maniere de satisfaire aux causes de la Saisie, & que la Saisie emporte perte de fruits ; les choses saisies seront régies par Commissaires, jusqu'à ce que le différent soit jugé pour être les fruits en provenant, rendus à celui qui obtiendra en fin de cause. C'est la disposition de l'Art. 22.

7. En Anjou, lorsque le nouvel acquereur a exibé ses contrats, & offert à découvert d'en payer les Ventes & autres Droits dûs, il doit avoir main levée si le Seigneur refuse d'accepter les offres. Art. 416.

Si l'acquéreur prétend ne rien devoir, ou avoir garent de la demande des Droits dûs, en éxibant ſes contrats, il doit avoir main levée, juſqu'à ce que le Seigneur ait obtenu Sentence à ſon profit. Art. 417.

CHAPITRE XV.

Du Bris ou Infraction de Saiſie.

1. L'Infraction de Saiſie eſt l'enlevement, la perception des fruits du Fief, par le vaſſal ou gens par lui prépoſés, nonobſtant la Saiſie duement notifiée, de quelque maniere que ſe faſſe cette perception, par violence ou ſans violence. Guiot pages 420, 421, & 422.

2. L'effet de l'infraction de Saiſie, eſt que le Seigneur n'eſt pas obligé de recevoir le Vaſſal en foy, ni d'accorder main levée qu'il ne lui reſtitue les fruits qu'il aura perçûs, au préjudice de la Saiſie. Guiot *ibid.* Dumoulin §. 1. Gl. 9. N°. 1. Brodeau ſur l'Art. 29 de Paris. Tours Art. 27. Pallu ſur cet Art.

Cela deſcend de la Regle, *ſpoliatus ante omnia reſtituendus.* L'infraction de Saiſie eſt un trouble en la poſſeſſion du Seigneur fondé ſur le texte de la loi, qui doit être reparé avant toutes choſes.

3. La Coutume d'Anjou Art. 169, outre la reſtitution des fruits qu'elle donne la liberté de

pourſuivre par *priſe de corps ou autrement*, *ſuivant l'exigence du cas*, prononce une amende de ſoixante ſols contre le Vaſſal pour l'infraction de Saiſie. Celle de Tours, Art. 27, donne le choix de la reparation, *id - eſt* de la reſtitution, ou de l'amende qui eſt arbitraire, ſuivant l'art. 368. Celles de Paris & de Blois n'en diſent rien : ainſi il n'y a point d'amende dans ces Coutumes, par ce que toutes diſpoſitions pénales ne doivent avoir lieu qu'autant qu'elles ſont prononcées par un texte précis.

4. Au ſurplus, à moins que l'infraction de Saiſie n'ait été précédée de violences & voyes de fait, l'action donnée au Seigneur pour ſe faire reſtituer les fruits, & même réintégrer dans la poſſeſſion, eſt purement civile. Tours Art. 27. & Pallu ſur cet Art. le diſent expreſſement.

5. Cette action doit être portée devant le Juge qui a donné la commiſſion de ſaiſir, quand ce ſeroit celui du Seigneur ſaiſiſſant même : ce qui eſt ſans difficulté, ſurtout depuis l'Ord. de 1667. Il en eſt de même de toutes les conteſtations qui peuvent ſurvenir au ſujet de cette Saiſie, qui ne peuvent même être renvoyées par *committimus*. Loüet & Brodeau R. 36. Arrêt du 4. Juin 1703. Augeard T. 1. Arrêt 41. Ordon. de 1669. Tit. 4. Art. 24. Arrêt du Conſeil d'Etat du 25. Avril 1746, rendu au raport de. M. Gilbert de Voiſin, contre M. de Chevreuſe. Cet Arrêt eſt raporté avec les

moyens, dans le Traité de la Pratique des Terriers, Tom. 2. p. 210 & fuiv. avec pluſieurs autres rendus en pareil cas. Lacombe Juriſprudence civile *verbo* Saiſie Féodale N°. 5. Dictionnaire de Droit *verbo* Saiſie Féodale : *ſecùs* en cas de déſaveu *ibid.*

6. L'Art. 170 d'Anjou, qui porte que ſi celui qui eſt accuſé d'avoir briſé lad. Saiſie, veut dénier qu'elle ſoit venue à ſa connoiſſance, il en ſera cru par ſerment, ſi elle n'a été faite en Jugement, ou qu'il ſoit duëment prouvé contre lui, ne doit point avoir lieu; car 1°. la Saiſie faite en Jugement, dont parle cet Art., & qui conſiſtoit à déclarer à ſa partie préſente au Jugement qui la condamnoit, que l'on ſaiſiſſoit ſes Immeubles, n'a plus lieu.

2°. La Saiſie étant une fois faite dans la forme preſcrite par la Coutume, prouve duëment contre le ſaiſi qui nieroit n'avoir point connoiſſance de la Saiſie : ainſi cette diſpoſition eſt actuellement ſans objet.

7. Comme il eſt néceſſaire pour qu'il y ait Infraction de Saiſie, qu'elle ſoit en bonne forme, & conſéquamment que le Sergent ou Huiſſier ſe tranſporte ſur le Fief ſaiſi ; Dumoulin §. 1. Gl. 4. N°. 5. demande ſi, dans le cas où le vaſſal par force & par violenc empêche que l'on ne ſe tranſporte ſur le Fief pour le ſaiſir (la violence conſtatée par un Procès - verbal de rébellion) la

Saifie Féodale fera cenfée faite ? opérera-t-elle la perte des fruits ? il décide pour l'affirmative, & que le vaffal fera tenu de reftituer les fruits que le Seigneur auroit perçû s'il eût faifi, & en outre de fes dommages, intérêts. Guiot p. 423. adopte cette décifion comme fondée en principes ; en effet, fi le Seigneur n'a pas faifi, c'eft par le dol & la fraude du vaffal, or tout ce qui provient de cette fource impure, eft fujet à reparation.

8. Par Arrêt du Jeudy 7 Fevrier 1743, au raport de M. de Lepine de Grainville, il a été jugé conformement à l'avis de Dupleffis, que le Seigneur pour la reftitution des fruits perçûs au préjudice de la Saifie, n'a hipotéque que du jour qu'il a obtenu condamnation en Jugement. Guiot p. 425, contre Ferriere fur l'Art. 29 de Paris.

CHAPITRE XVI.

De la Saifie Cenfuele.

1. L A Coutume de Tours Art. 18, celle de Blois 38 & 112, & celle d'Anjou Art. 8 & 180, ne diftinguent point la Saifie Féodale de la Cenfuele, & dès-là il eft de régle d'y faifir les fonds comme en Saifie de Fief, & d'y fuivre pour les Cenfives les mêmes régles que pour les Fiefs.

2. Il en est autrement dans le général des Coutumes, le Seigneur Censier, pour être payé des Arrérages de son Cens, ne peut user de main-mise*, mais seulement brandonner & saisir les fruits *pendans par les racines.* Arrêt dans la Coutume de Senlis au profit d'Antoine Levasseur & Consors, Habitans de Pontoise, contre M. Coste de Champeron, Président en la Cour des Aides, du 11 Août 1739, qui confirme la Sentence du Bailliage de Pontoise du 13 Fevrier 1739, qui, sur la Déclaration de M. de Champeron, qu'il entendoit soutenir sa Saisie Censuele comme Saisie faite sur les Fonds, déclare lad. Saisie nulle, & en fait main levée avec dépens, sauf à se pourvoir par Saisie de fruits, ou par action suivant l'Ordon. Cet Arrêt rejette l'avis de Dumoulin sur l'Art. 74. de l'ancienne Coutume de Paris, & de Brodeau sur le 26. Guiot. p. 426.

3. J'ai dit les fruits pendans par les racines; car sitôt qu'ils sont coupés, fussent-ils encore sur le champ, il sont réputés Meubles; & il est de maxime que l'on ne peut se pourvoir sur les Meubles, *id-est*, sur le Mobilier du Censitaire. Guiot p. 427. Annotateurs de Duplessis Tit. des Censives Liv. 1. Chap. 2.

4. Cette Saisie se fait comme la Féodale, en vertu d'une commission spéciale du Juge, sans commandement préalable. Guiot *ibid.* & inf. p. 80. Nº. 3.

5. Néanmoins

5. Néanmoins à Tours, fi la Saifie fe fait faute de déclaration, *id-eft*, de reconnoiffance, elle doit être précédée de trois injonctions, encore ne peut-on faifir qu'après que les délais portés par la quatrieme, & qui doivent être fixés par le Juge, font expirés. Pallu fur l'Art. 2. N°. 2 ; mais en pareil cas il eft plus fimple de fe pourvoir par action.

6. On peut remarquer, qu'excepté en Normandie & autres Coutumes qui en difpofent textuellement, le Seigneur Cenfuel ne faifant point les fruits fiens, ne peut faire procéder à la vente des fruits recueillis fur l'héritage faifi, qu'après avoir obtenu une Sentence qui l'ordonne.

7. Il eft obligé d'établir Commiffaire pour les lever & en rendre compte. Guiot *ibid.*

8. Les Cens apartenans à l'Ufufruitier, il peut faifir faute de payement d'iceux, *fecùs* faute de reconnoiffance, qui eft un acte qui ne le concerne point. Guiot *ibid.*

9. S'il s'agit de la Saifie d'une Maifon, elle fera loüée ou non.

1°. *cafu*, On ne peut faifir les Meubles du Locataire : mais feulement les loyers qui font les fruits de la maifon.

2°. *cafu*, On peut faifir, gager les Meubles du tenancier qui font dans cette Maifon, & établir Gardien. Guiot p. 429. Dupleffis *loco citato*, Lemaitre fur Paris p. 101. Carondas & Tournet fur l'Art. 163. Baquet des Droits de

G

Justice Chap. 3. N°. 6. & Chap. 21. N°. 182. Loiseau des Seigneuries Liv. 10. N°. 46. à la fin. Lacombe Jurisprudence civile *verbo* Saisie - Gagerie N°. 3.

10. Les Coutumes diffèrent entre elles, sur le nombre des années d'arrérages qui doivent être dûs à l'effet de pouvoir saisir. Paris dit trois ans. Anjou, Blois & Tours n'en disent rien : mais dans le général, en consignant trois années on obtient main levée. Ordon. de de Charles IX. de l'année 1563, raportée au Code Rural p. 190, qui déroge à toutes Coutumes. Arrêt de 1576 pour le Bourbonnois, raporté par Brodeau sur Paris Art. 74.

Cette Ordon. étant faite pour qu'on ne puisse forcer les Censitaires à consigner plus de trois années, quand même la Coutume en exigeroit davantage ; on ne peut dans les Coutumes qui en demandent une moindre quantité en prétendre trois : en conséquence de cette Ordon., si le Censitaire saisi pour vingt-neuf années, raporte une Quittance pure & simple des trois dernieres années, il doit avoir main levée pure & simple ; quelques auteurs même veulent, & c'est l'avis de Tronçon sur l'Art. 74 de Paris & de Guiot *ibid.*, qu'en raportant une Quittance, sans aucune réserve de l'année qui précède la Saisie, le Censitaire ait main levée pure & simple, par ce que, disent - ils, la perte n'est pas grande pour le Seigneur, & que personne n'est obligé de garder toutes ſes Quittances, quand il en a une derniere ſans réſerves ; cela paroît juſte.

11. Mais comme le Cens eſt un Droit réel pur, tout détempteur de l'Héritage Cenſuel eſt tenu de tous les arrérages du Cens, même échûs avant ſa détention. C'eſt l'avis de Ricard ſur l'Art.   de Paris , & de Guiot *ibid.*

12. Quoique quelques Coutumes, comme Monfort Art. 55, & Blois Art. 112, paroiſſent vouloir donner pluſieurs amendes au Seigneur, il a néanmoins été jugé par deux Arrêts de 1698, & de 1705, raporté par Guiot ſur l'Art. 54 de Mantes, que le Cenſitaire ne devoit qu'une ſeule amende pour toutes les années dont il étoit en retard : mais ces autorités pourroient faire difficulté à Blois, l'Art. 112 étant des plus précis.

13. La Saiſie Cenſuele n'emportant pas perte de fruits, & le Seigneur n'étant point obligé de donner ſouffrance, il n'y a pas de doute qu'elle a lieu contre le mineur, même dépourvû de Tuteur. Dumoulin ſur l'Art. 52. *hodiè* 74. Gl. 1. N°. 76. Guiot p. 430.

Pour ce qui concerne les différentes cauſes de la Saiſie Cenſuele ou Féodale, *Vide ſuprà* Chap. 4.

14. De Droit commun la Saiſie Cenſuele n'a lieu que pour Cens non payé , & non pas pour Lods & Ventes qui ſe pourſuivent ,

par action, si la Coutume ne le dit textuellement Guiot 5. Vol. p. 726, mais *Vide sup.* Chap. 4. p. 6. N°. 5.

CHAPITRE XVII.

Ce que c'est que les Apartenances & Dépendances du Fief.

POur que des Héritages unis à une Terre soient Dépendances du Fief, comme Fief, il faut qu'ils soient unis *in qualitate Feodali*, sans cela c'est un accroissement du Fond Patrimonial de cette Terre. Dumoulin §. 1. Gl. 5. N°. 15 *usque ad* 20 incl.; Apliquons ce Principe à un Exemple.

Titus Propriétaire du Fief A, mouvant de vous, & qui n'étoit composé originairement que du Manoir, & de 30 Arpens de Terre, en acquiert une grande quantité qu'il réunit au Fief A.

Cela fait-il les Apartenances & Dépendances du Fief mouvant de vous? pouvez-vous saisir tout? pouvez-vous le forcer à porter tout dans son dénombrement? Distinguez.

Si ces Terres étoient mouvantes du Fief A.

Il y a eû déclaration ou non contre la réunion.

1°. *casu*, Vous ne pouvez le forcer à vous
les reporter que comme arrière-Fief, & elles
ne font comprises dans votre Saisie, qu'autant
qu'elles y ont été spécialement exprimées.

2°. *casu*, Elles font réunies *in qualitate feodali*, & en conséquence elles font comprises
dans la Saisie, & elles doivent l'être dans
l'aveu.

Si ces Terres étoient mouvantes de vous à
cause d'un autre Fief.

Elles vous auront été raportées comme
Apartenances du Fief A, ou non.

1°. *casu*, Elles deviennent Apartenances
de ce Fief, comme Fief, & font comprises
dans la Saisie, & doivent l'être dans l'aveu :
ceci doit s'entendre du cas où cet autre Fief
releveroit du même Fief Dominant que le
Fief A : car autrement, il en feroit de même
que fi ce Fief apartenoit à un étranger, le
vaffal n'étant pas le maître de changer, fans le
confentement de fon Dominant, la cause de
la mouvance des Fiefs qui relevent de lui.

2°. *casu*, Elles font un Fief féparé qui
n'augmente le Fief A, que comme Fond Patrimonial, & en conséquence vous ne pouvez
le faifir qu'en vertu d'une comiffion expref-
fe, & elles doivent faire l'objet d'un aveu
féparé.

Si ces Terres font tenues d'un autre Seigneur, elles ne peuvent jamais faire l'objet
de votre Saisie, ni le fondement de votre

blâme, à moins qu'elles ne vous ayent été reportées un tems suffisant pour en prescrire la mouvance.

Lisez attentivement Dumoulin aux nombres cités, & vous y trouverez les raisons des décisions ci-dessus bien dévelopées.

CHAPITRE XVIII.

Explication de cet Axiome : Tant que le Seigneur Dort, le Vassal Veille ; & vice versâ.

CEla ne veut dire autre chose, si non que tant que le vassal n'est pas saisi par son Seigneur, il jouit pleinement de son Fief, il en exerce tous les Droits sur ses vassaux, toutes les ouvertures des Fiefs mouvans de lui, lui profitent, sans que les vassaux puissent lui objecter qu'il n'est pas en foy.

Au contraire quand le vassal est saisi, tant qu'il ne fait pas ses devoirs, le Seigneur jouit de plein Droit du Fief du vassal, & les arriere-vassaux ne peuvent reconoître que le Suzerain saisissant, & tous les profits des arriere-Fiefs ouverts pendant sa Saisie, lui apartiennent.

En un mot, pour que le Seigneur Dominant jouisse du Fief vassal, & de tous les

Droits qui en dépendent ; il faut qu'il le saisisse, sans quoi tout ce que le vassal fait est irrévocable, & tous les Droits ouverts avant la Saisie, lui apartiennent incontestablement. Guiot, 5. Vol. p. 723.

CHAPITRE XIX.

Du pouvoir du Seigneur Haut-Justicier sur les Héritages Feodaux, Allodiaux, ou Censuels de son District.

1. IL est de maxime constante par les Arrêts, que le Haut-Justicier pour la conservation de ses Droits, peut obliger les possesseurs de Terres, même en Franc-Aleu, de lui fournir une Déclaration des Terres qu'ils possédent dans l'étenduë de sa Haute-Justice. Arrêt du 28 Avril 1576. Pithou sur l'Art. 51. de Troyes. Autre au raport de M. Boullé du 4 Avril 1716.

2. Le Seigneur Haut-Justicier a encore un Privilége que les Moyens & Bas-Justiciers n'ont pas ; il peut par des proclamations générales, en vertu d'Ordonnance de son Juge, faire publier la confection de son Terrier, & demander de nouvelles Déclarations. Les autres Seigneurs ne peuvent que faire donner des assignations particulieres à chaque tenan-

dier. Arrêt de la Grande Chambre du 26. Fevrier 1550, raporté par Auzanet fur l'Art. 73 de Paris.

3. Ces proclamations générales, qui ne peuvent fe faire que de l'Ordon. du Juge, ne donnent cependant pas le pouvoir, ni même la permiffion de faifir, car ce feroit une commiffion générale que les auteurs tiennent auffi prohibée en Roture qu'en Fief ; n'y a-yant que le Roy qui, par fes Lettres de Ter-rier, puiffe accorder une femblable commif-fion.

Au furplus, l'ufage de ces Lettres s'eft tel-lement introduit, que Freminville dans fa Pratique des Terriers Tom. 1. p. 62, & fuiv. foutient qu'elles font abfolument nécef-faires à un Seigneur qui veut renouveller fon Terrier : mais pour peu que l'on prête d'at-tention aux raifons qu'il aporte pour foutenir fon fentiment, on fe rangera fans balancer, du côté de celui de Raguau en fon indice, & de Loifeau en fon Traité des Seigneuries, qui font fondés en principes, que Frémin-ville cherche vainement à détruire.

En effet, qu'eft-ce qu'un Terrier ? C'eft proprement le Regiftre ou Cahier qui conti-ent les Déclarations & Reconnoiffances des Cenfitaires & Emphitéotes ; or un Seigneur Cenfuel peut obliger chacun de fes tenanciers, de lui paffer Déclarations & Reconnoiffances des Droits qu'ils lui doivent ; qu'il mette

dans un même Cahier ſes Déclarations, &
ce ſera inconteſtablement un Terrier, *id-eſt*,
un Regiſtre univerſel des Droits de la Seigneurie ; donc les Lettres à Terrier ne ſont
point néceſſaires ; je dis néceſſaires de néceſſité abſoluë, comme le prétend Fréminville ;
mais elles le ſont de néceſſité rélative a l'au-
tenticité du Terrier, à l'utilité qu'on en reti-
re, en ce qu'elles contiennent une commiſſion générale, en vertu de laquelle on peut
ſaiſir tout Héritage Cenſuel, après les formalités uſitées : & que les reconnoiſſances étant
demandées plus publiquement, ſont moins
ſuſceptibles de critique de la part des Seigneurs voiſins.

Je dis encore Héritage Cenſuel, car quoi
que ces Lettres portent la clauſe de contraindre les vaſſaux & tenanciers de l'impétrant,
il n'eſt pas moins vrai que les vaſſaux qui ne
donnent qu'un ſeul aveu dans leur vie, ne ſont
point aſtrains par cette clauſe erronnée ;
qui vient de ce que dans le très-ancien tems,
Vaſſal ſignifioit quelquefois *Sujet*, Tenancier
du Seigneur, & que pour ces Lettres, on
ſuit à la Chancellerie l'ancien ſtile, dans lequel il y a des termes qui ne reçoivent plus
aujourd huy la même acception qu'autrefois.

CHAPITRE XX.

Explication de la Maxime ; Il faut avoüer ou désavoüer.

LA plûpart des Coutumes disent, le vassal est tenu d'avoüer ou de désavoüer, cela ne veut dire autre chose, si non que lorsque le Seigneur a saisi le Fief vassal, ou qu'il a pris la voye de l'Action, le vassal ne peut sous prétexte qu'il ignore la mouvance, requerir la communication des Titres du Seigneur, que préalablement il ne l'ait reconnu pour tel, ou désavoüé formellement. Paris 44. Orléans 79. Auvergne Chap. 22. Art. 9. Dans l'un & dans l'autre cas la raison en est simple.

1°. Celui qui n'a point avoüé ne peut se dire vassal, ni par conséquent prétendre la communication des Titres du Seigneur, qui n'est fondée que sur la maxime qu'ils sont communs entre le Seigneur & le vassal.

2°. Le Seigneur n'a pas besoin de prouver sa prétention contre celui qui ne désavoüe point, *id-est*, qui ne déclare point précisément qu'il en a une contraire à la sienne ; car le demandeur n'est pas obligé de justifier sa demande, lorsqu'elle n'est point combattuë.

Mais dans les Pays de Franc - Aleu, cette Maxime n'a pas lieu, il faut que le Seigneur prouve son Droit. Guiot 5. Vol. p. 783.

FIN.

EXTRAIT DU PRIVILÉGE DU ROI.

LOUIS, par la Grace de Dieu, Roy de France & de Navarre: A nos amés & feaux Conseillers les Gens tenans nos Cours de Parlement, Maîtres des Requêtes ordinaires de notre Hôtel, Grand Conseil, Prevôt de Paris, Baillifs, Sénéchaux, leurs Lieutenans civils & autres qu'il appartiendra: SALUT; Notre amé P.-P. CHARLES, Imprimeur-Libraire à Blois, Nous a fait exposer qu'il désireroit faire imprimer & donner au Public des ouvrages qui ont pour titre; *Differtations fur le Droit de Chaffe. Maximes fur la Saifie Féodale & Cenfuele*; s'il nous plaifoit lui accorder nos Lettres de Privilége pour ce néceffaires. A CES CAUSES voulant favorablement traiter l'Expofant, Nous lui avons permis & permettons par ces Préfentes, de faire imprimer lefdits Ouvrages autant de fois que bon lui femblera, & de les vendre, faire vendre & débiter par tout notre Royaume, pendant le tems de *fix Années confécutives*, à compter de ce jour. Faifons Deffenfes à tous Imprimeurs & autres, &c. d'imprimer, vendre ou débiter, &c. à peine de Confifcation, & de trois mille livres d'Amende, &c. du contenu defquelles vous mandons & enjoignons de faire joüir led. expofant, &c. Commandons au premier notre Huiffier, ou Sergent, &c. Car tel eft Notre Plaifir. Donné à Verfailles le dixième jour du mois d'Août, l'An de grace mil fept cent foixante-un, & de Notre Regne le quarante-fixième. Par le Roy en fon Confeil. *Signé*　　　　　LEBEGUE.

Regiftré fur le Regiftre XV. de la Cha. Roy. & Synd. des Lib. & Imp. N°. 311. Fol. 210 conform. au Regl. de 1723. A Paris, ce 5 Oct. 1761.

G. SAUGRAIN, *Syndic.*